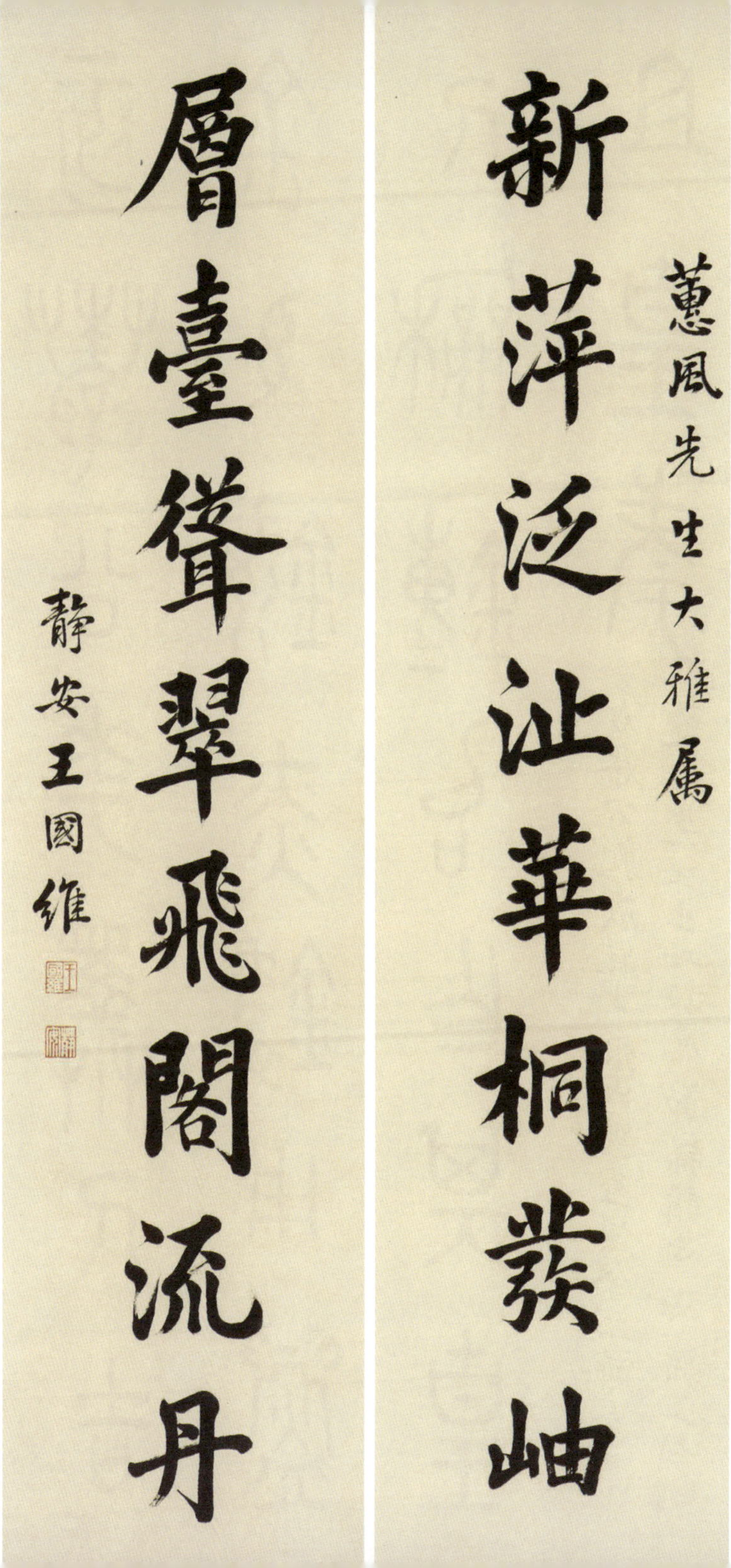
新萍泛沚華桐蔭岫
蕙風先生大雅屬
層臺聳翠飛閣流丹
靜安王國維

隹王正月初吉[illegible]
[illegible][illegible]公[illegible]睪其吉
金乍鑄[illegible]鑄用[illegible]
其龢鐘[illegible][illegible][illegible]皇
祖皇考

右秦公敦藏皖中張氏器蓋俱全銘辭分刻器[illegible]
隨庵先生出此拓屬節錄請正 海甯王國維

[illegible]（印）
[illegible]（印）

羲農去我久舉世少復真汲汲魯
中叟弥縫使其淳鳳鳥雖不至禮樂
暫得新洙泗輟微響漂流逮狂秦詩書
復何罪一朝成灰塵區區諸老翁為事
誠殷勤　淵明飲酒詩
永軒仁弟屬　觀堂王國維

犀比六博消長晝五白驚呼驟不須辛苦
問虧成一霎尊前了了見浮生笙歌散後人
微倦歸路風吹面西窗落月蕩花枝又是
人間酒醒夢回時　虞美人

右近作詞三首呈

雪堂夫子大人正拍

海甯王國維

路轉峰迴出畫塘一山楓葉背殘陽
看來渾不似秋光隔座聽歌人似玉
六街歸騎月如霜客中行樂只尋
常
浣溪沙

手把金尊酒滿相勸情
極不能羞乞調箏處

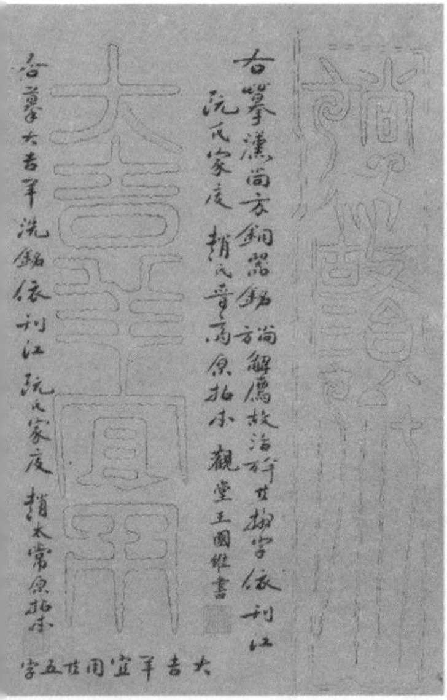
右摹大吉羊洗銘依利江阮氏家庋 趙太常原拓本
大吉羊宜用廿五字
右摹漢尚方銅器銘 方尚鍜鷹故洽秄廿柳字依利江阮氏家庋 趙氏晉齋原拓本 觀堂王國維書
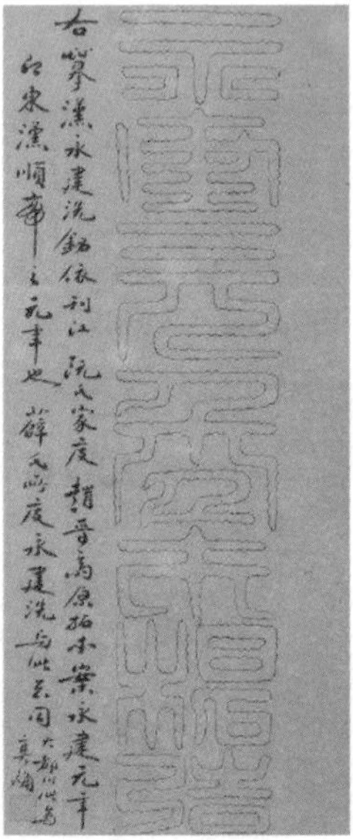
右摹漢永建洗銘依利江阮氏家庋 趙晉齋原拓本
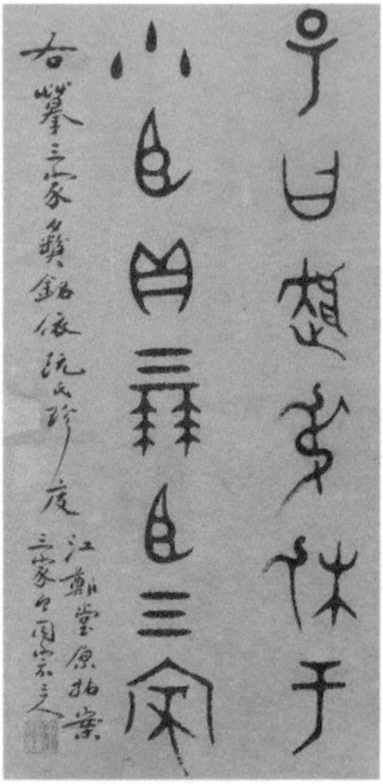
右摹三代彝銘依阮氏珍庋 江鄭堂原拓
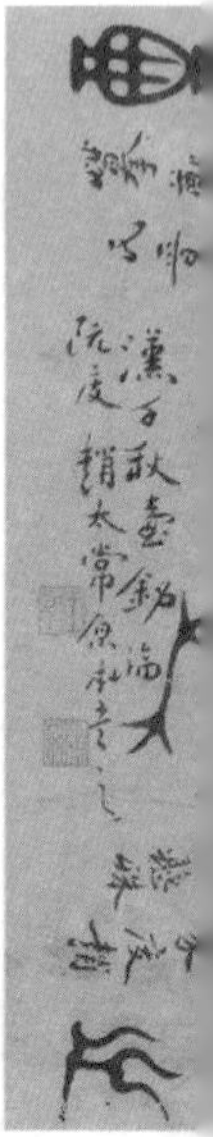
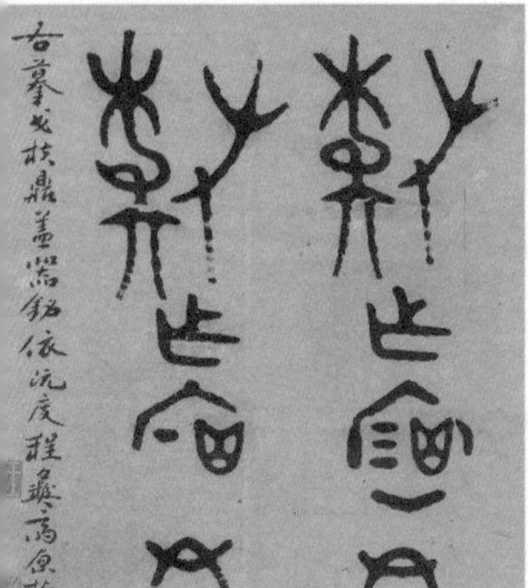
右摹戈柭鼎盖器銘依阮庋 程易疇原拓本
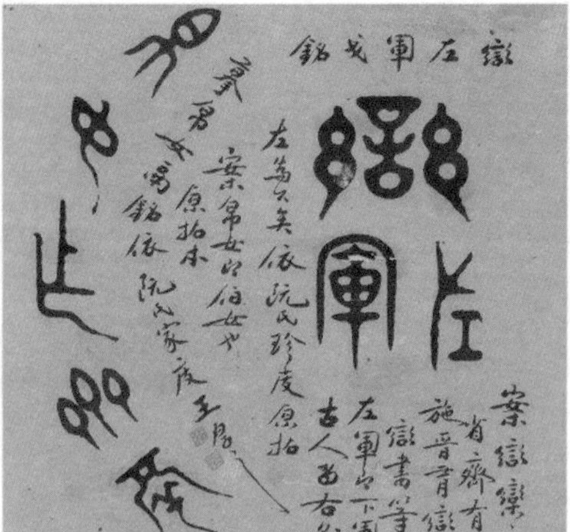
龻左軍戈銘
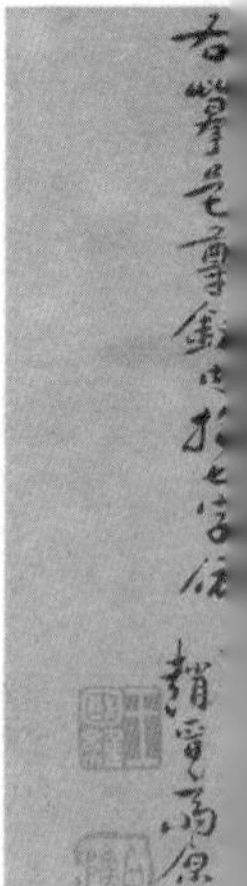
右摹邑亭鐘

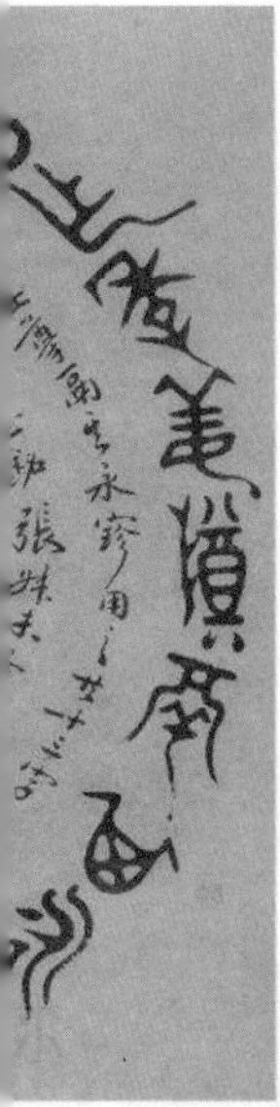

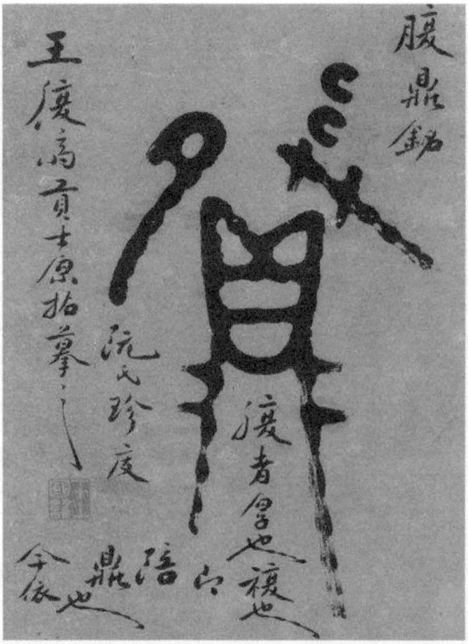
腹鼎銘
阮氏珍庋

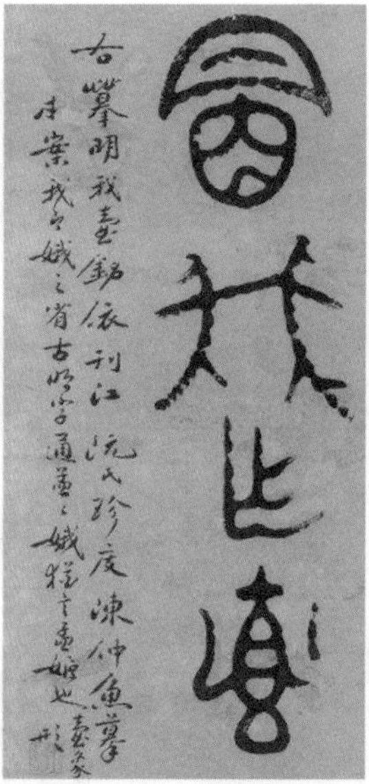

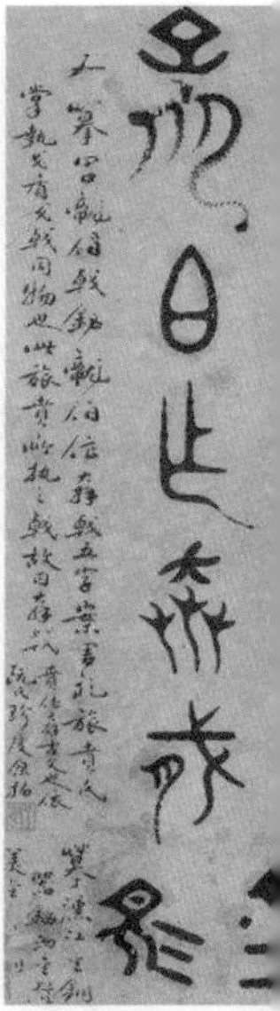

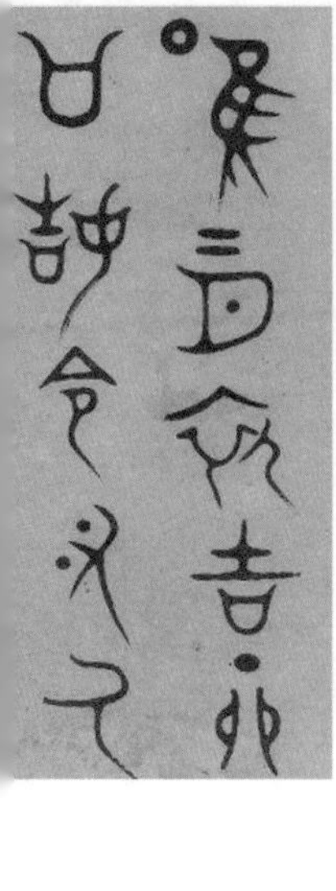

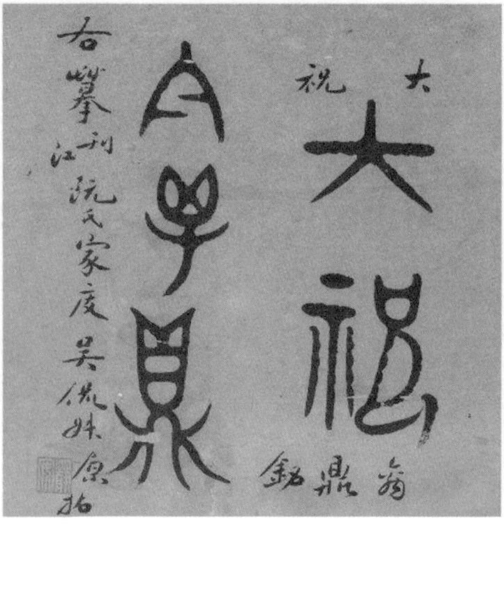
大祝

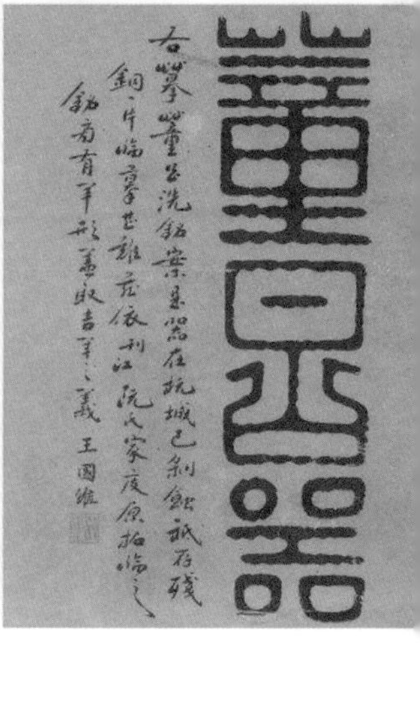

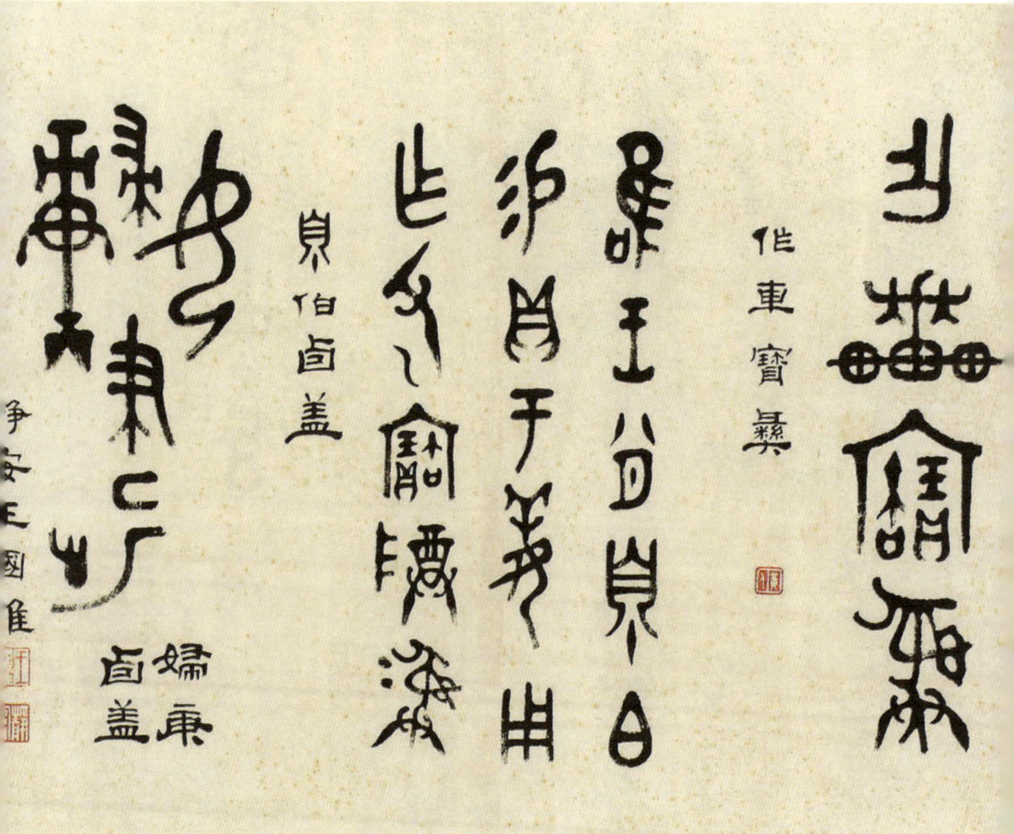
作車寶彝
員伯卣蓋
婦庚卣蓋

人间词话

人间词

王国维 著

俞俊 愚山人 译注

天津出版传媒集团
天津人民出版社

教育之宗旨何在，在使人为完全之人物而已。何谓完全之人物？谓人之能力无不发达且调和是也。人之能力分为内外二者：一曰身体之能力，一曰精神之能力。发达其身体而萎缩其精神，或发达其精神而罢敝其身体，皆非所谓完全者也。完全之人物，精神与身体必不可不为调和之发达。

——王国维

目录

人间词话 / 001

《人间词话》未刊稿 / 129

人间词 / 189

人间词话

一

词以境界为最上。有境界则自成高格，自有名句。五代、北宋之词所以独绝者在此。

译文

评论诗词优劣，以境界为最高的审美标准。一首词如果有境界，就会自然形成高绝的格调，自然会产生绝妙好句。五代、北宋的词之所以独到绝妙的原因就在这里。

简评

张炎在《词源》中讲到词之境界，提到三个词：雅正、清空、意趣高远。他说“词欲雅而正，志之所之，一为情所役，则失其雅正之音”；“词要清空，不要质实；清空则古雅峭拔，质实则凝涩晦昧”；此外，要自立新意，以“意趣高远”为美。

二

有造境，有写境，此“理想”与“写实”二派之所由分。然二者颇难分别。因大诗人所造之境，必合乎自然，所写之境，亦必邻于理想故也。

译文

境界可以分为“造境”和“写境”两种，这是西方“理想派”和“写实派”得以区分的缘由。“理想派”以想象虚构为主的主观表达，“写实派”则是以描写和反映现实为主的客观叙述。但是这两种境界其实比较难以进行清晰的区分。因为伟大的诗人通过想象所构造出来的境地，必定与现实生活、客观世界相符；而通过写实所描摹出来的境地，也必定是接近于诗人心中的理想境界的。

简评

关于境界，王国维在 1906 年发表的《文学小言》中曾提到，“文学中有二原质焉：曰景，曰情。前者以描写自然及人生之事实为主，后者则吾人对此种事实之精神的态度也。故前者客观的，后者主观的也；前者知识的，后者感情的也。”

三

有有我之境，有无我之境。“泪眼问花花不语，乱红飞过秋千去。”“可堪孤馆闭春寒，杜鹃声里斜阳暮。”有我之境也。“采菊东篱下，悠然见南山。”“寒波澹澹起，白鸟悠悠下。”无我之境也。有我之境，以我观物，故物皆著我之色彩。无我之境，以物观物，故不知何者为我，何者为物。古人为词，写有我之境者为多，然未始不能写无我之境，此在豪杰之士能自树立耳。

译文

境界又可以分为“有我之境”和“无我之境”。如：欧阳修《蝶恋花》词中“泪眼问花花不语，乱红飞过秋千去”之句、秦观《踏莎行》词中“可堪孤馆闭春寒，杜鹃声里斜阳暮”之句，都是属于“有我之境”，作者描写的景物都带有诗人自己的感情；而陶潜《饮酒》诗中“采菊东篱下，悠然见南山”之句、元好问《颍亭留别》诗中“寒波澹澹起，白鸟悠悠下”之句，则都是属于“无我之境”，纯粹写景，不带感情色彩。

“有我之境”是以作者本人的角度去观察认识事物，所以事物全部显现出作者本人的感情色彩。“无我之境”则是以事物的角度去观察认识事物，所以就不知道哪里是作者，哪里是事物了。古人作词，一般写“有我之境”的比较多，但未必没有人能够写出“无我之境”，这取决于杰出的诗人敢于独树一帜，标新立异，写出与众不同的优秀作品。

简评

由“有我”“无我”两个概念来看，王国维对于两种观物方式的区分大抵是受到了宋代邵雍的影响，其中“无我之境”似乎更倾向于庄子“丧我”“忘我”的思想。如冯友兰所说：“‘此中有真意，欲辨已忘言。’陶潜认识到一个‘真意’，这个真意可怎么说呢？他想说，可是已经‘忘言’了。”

蝶恋花·庭院深深深几许

宋代 欧阳修

庭院深深深几许，杨柳堆烟，帘幕无重数。
玉勒雕鞍游冶处，楼高不见章台路。
雨横风狂三月暮，门掩黄昏，无计留春住。
泪眼问花花不语，乱红飞过秋千去。

踏莎行·郴州旅舍

宋代 秦观

雾失楼台，月迷津渡。桃源望断无寻处。可堪孤馆闭春寒，杜鹃声里斜阳暮。

驿寄梅花，鱼传尺素。砌成此恨无重数。郴江幸自绕郴山，为谁流下潇湘去。

饮酒（五）

东晋　陶渊明

结庐在人境，而无车马喧。

问君何能尔？心远地自偏。

采菊东篱下，悠然见南山。

山气日夕佳，飞鸟相与还。

此中有真意，欲辨已忘言。

颍亭留别

金代　元好问

故人重分携，临流驻归驾。

乾坤展清眺，万景若相借。

北风三日雪，太素秉元化。

九山郁峥嵘，了不受陵跨。

寒波澹澹起，白鸟悠悠下。

怀归人自急，物态本闲暇。

壶觞负吟啸，尘土足悲咤。

回首亭中人，平林淡如画。

四

无我之境，人惟于静中得之。有我之境，于由动之静时得之。故一优美，一宏壮也。

译文

无我之境，诗人只有在心境澄明、超脱世俗时才能抵达。有我之境，则需要诗人从强烈感情冲动转变成一种平和的心态回味感受时得到。所以“有我之境”优美，“无我之境”壮美。

简评

“无我之境”审美趣味的基础是道家的，“万物与我齐一”之境界便是其所追求。

五

自然中之物，互相关系，互相限制。然其写之于文学及美术中也，必遗其关系限制之处。故写实家亦理想家也。

又虽如何虚构之境，其材料必求之于自然，而其构造亦必从自然之法律。故理想家亦写实家也。

译文

自然中的事物，彼此关联，相互制约。但是要将这些事物用文学或美术作品表现出来，就必定会遗失它们之间关联和制约的地方，所以说，即使是写实派的艺术家，也同样会是理想家。

同样的道理，即使不管怎样虚拟构造出一种境界，它的源泉材料一定是源自自然客观的，而且它构造的方法也一定服从自然法则。因此理想家也是写实家。

简评

汤大民在《王国维你“境界”说试探》中说，“文学应该再现一定的现实生活，但绝不是简单的模拟。”“在艺术领域中重新组织生活，就要进行虚构。没有织进理想金线和吐露才能芬芳的虚构，艺术形象就会缺乏不同于生活的光泽和神韵。”

六

境非独谓景物也，喜怒哀乐亦人心中之一境界。故能写真景物真感情者，谓之有境界。否则谓之无境界。

译文

所谓的“境”，并非单指景物而已，喜怒哀乐也是诗人心中的一种境界。所以能写真景物、真挚感情的作品，称之为有境界。否则的话，就称为无境界。

简评

冯友兰说：一个艺术作品所写的那一部分自然，称之为景，是对情而言。对情而言则曰景，对意而言则谓之境，这条是说一个艺术作品还要表达一种情感。意、境、情三者合二为一，浑然一体，这才成为一个完整的意境。

七

“红杏枝头春意闹”，着一“闹”字而境界全出；“云破月来花弄影”，着一“弄”字而境界全出矣。

译文

宋祁《玉楼春》词中有“红杏枝头春意闹”的句子，仅仅用了一个“闹”字，整首词的境界就全都展现出来了。张先《天仙子》词中有“云破月来花弄影”的句子，仅仅是使用了一个“弄”字，整首词的境界也就全都展现出来了。

简评

“闹”“弄”两个动词所表现出来的动感和活力，让大自然的欲望呼之欲出。于是静安先生大呼：境界全出。

玉楼春·春景

宋代 宋祁

东城渐觉风光好，縠皱波纹迎客棹。绿杨烟外晓寒轻，红杏枝头春意闹。

浮生长恨欢娱少，肯爱千金轻一笑。为君持酒劝斜阳，且向花间留晚照。

天仙子·水调数声持酒听

宋代 张先

水调数声持酒听，午醉醒来愁未醒。送春春去几时回。临晚镜，伤流景，往事后期空记省。

沙上并禽池上暝，云破月来花弄影。重重帘幕密遮灯。风不定，人初静，明日落红应满径。

八

境界有大小，不以是而分优劣。“细雨鱼儿出，微风燕子斜”，何遽不若“落日照大旗，马鸣风萧萧”？“宝帘闲挂小银钩”，何遽不若“雾失楼台，月迷津渡”也？

译文

境界有大小之分，但是不能据此来区分它的好坏高下。“细雨鱼儿出，微风燕子斜”怎能认为不如“落日照大旗，马鸣风萧萧”的境界呢？“宝帘闲挂小银钩”怎能认为就不如“雾失楼台，月迷津渡”的境界呢？

简评

古人言，“壮语要有韵，秀语要有骨”，正是此意。

水槛遣心二首·其一

唐代　杜甫

去郭轩楹敞，无村眺望赊。

澄江平少岸，幽树晚多花。

细雨鱼儿出，微风燕子斜。

城中十万户，此地两三家。

后出塞五首·其二

唐代　杜甫

朝进东门营，暮上河阳桥。

落日照大旗，马鸣风萧萧。

平沙列万幕，部伍各见招。

中天悬明月，令严夜寂寥。

悲笳数声动，壮士惨不骄。

借问大将谁，恐是霍嫖姚。

浣溪沙·漠漠轻寒上小楼

宋代　秦观

漠漠轻寒上小楼，晓阴无赖似穷秋，淡烟流水画屏幽。

自在飞花轻似梦，无边丝雨细如愁，宝帘闲挂小银钩。

踏莎行·郴州旅舍

宋代　秦观

雾失楼台，月迷津渡。桃源望断无寻处。可堪孤馆闭春寒，杜鹃声里斜阳暮。

驿寄梅花，鱼传尺素。砌成此恨无重数。郴江幸自绕郴山，为谁流下潇湘去。

九

严沧浪《诗话》谓："盛唐诸公，唯在兴趣。羚羊挂角，无迹可求。故其妙处，透彻玲珑，不可凑拍。如空中之音、相中之色、水中之影、镜中之象，言有尽而意无穷。"余谓北宋以前之词，亦复如是。然沧浪所谓"兴趣"，阮亭所谓"神韵"，犹不过道其面目；不若鄙人拈出"境界"二字为探其本也。

译文

南宋的严羽在《诗话》里说过："盛唐诸公，唯在兴趣，羚羊挂角，无迹可求，故其妙处，透彻玲珑，不可凑泊，如空中之音，相中之色，水中之月，镜中之象，言有尽而意无穷。"我认为：北宋以前的词，也是这样的。但严羽所谓的"兴趣"，王士祯所谓的"神韵"，都只不过是触及了诗词的表面而已，不如我拈出的"境界"二字直接探求其根本啊。

简评

严羽的《沧浪诗话》：夫诗有别材，非关书也；诗有别趣，非关理也。然非多读书、多穷理，则不能极其至，所谓不涉理路、不落言筌者，上也。

十

太白纯以气象胜。“西风残照，汉家陵阙”，寥寥八字，遂关千古登临之口。后世唯范文正之《渔家傲》，夏英公之《喜迁莺》，差足继武，然气象已不逮矣。

译文

李白的诗作，单纯依靠整体风貌和格局就能成就佳作。他在《忆秦娥》词中写道“西风残照，汉家陵阙”，寥寥八个字，就已经足够让千百年所有来过此地的诗人无法超越了。后世只有范仲淹的《渔家傲》和夏竦的《喜迁莺》，勉强可以追随他的诗境，但在气象方面却已经无法企及了。

简评

宋人赵令畤《侯鲭录》卷七引苏轼评柳永《八声甘州》“渐霜风凄紧，关河冷落，残照当楼”三句，认为“不减唐人高处”。

词赏

忆秦娥·箫声咽

唐代　李白

箫声咽，秦娥梦断秦楼月。秦楼月，年年柳色，灞陵伤别。

乐游原上清秋节，咸阳古道音尘绝。音尘绝，西风残照，汉家陵阙。

渔家傲·秋思

宋代　范仲淹

塞下秋来风景异，衡阳雁去无留意。四面边声连角起，千嶂里，长烟落日孤城闭。

浊酒一杯家万里，燕然未勒归无计。羌管悠悠霜满地，人不寐，将军白发征夫泪。

喜迁莺·霞散绮

宋代　夏竦

霞散绮，月沉钩，帘卷未央楼。夜凉河汉截天流，宫阙锁清秋。

瑶阶曙，金盘露，凤髓香和烟雾。三千珠翠拥宸游，水殿按凉州。

十一

张皋文谓飞卿之词“深美闳约”，余谓此四字唯冯正中足以当之。刘融斋谓“飞卿精艳绝人”，差近之耳。

译文

张惠言评论说：唐代温庭筠的词“深美闳约”。我认为，这四个字的评价只有南唐冯延巳的词才足够担当。刘熙载说：“飞卿精艳绝人”，这个评论勉强接近了。

简评

刘熙载在《艺概·词曲概》中说，“温飞卿词精妙绝人，然类不出乎绮怨。”静安先生在这里用“精艳绝人”，或许是笔误。

菩萨蛮·小山重叠金明灭

唐代 温庭筠

小山重叠金明灭,鬓云欲度香腮雪。懒起画蛾眉,弄妆梳洗迟。

照花前后镜，花面交相映。新帖绣罗襦，双双金鹧鸪。

鹊踏枝

五代 冯延巳

谁道闲情抛掷久，每到春来，惆怅还依旧。日日花前常病酒，不辞镜里朱颜瘦。

河畔青芜堤上柳，为问新愁，何事年年有？独立小桥风满袖，平林新月人归后。

十二

“画屏金鹧鸪”，飞卿语也，其词品似之。“弦上黄莺语”，端己语也，其词品亦似之。正中词品，若欲于其词句中求之，则“和泪试严妆”，殆近之欤？

译文

“画屏金鹧鸪”，这是温庭筠所作的词句，他词作的品格和这句话相似；“弦上黄莺语”，这是韦庄所作的词句，他词作的品格也和这句相似。冯延巳词作的品格，如果要在他的词句中找一个来形容，那么“和泪试严妆”，这一句应该差不多接近了吧？

简评

以温庭筠、韦庄、冯延巳自己的名句来比喻其词品，确实别出心裁。

更漏子·柳丝长

唐代　温庭筠

柳丝长，春雨细，花外漏声迢递。惊塞雁，起城乌，画屏金鹧鸪。

香雾薄，透帘幕，惆怅谢家池阁。红烛背，绣帘垂，梦长君不知。

菩萨蛮

唐代　韦庄

红楼别夜堪惆怅，香灯半卷流苏帐。残月出门时，美人和泪辞。

琵琶金翠羽，弦上黄莺语。劝我早归家，绿窗人似花。

菩萨蛮·娇鬟堆枕钗横凤

五代　冯延巳

娇鬟堆枕钗横凤，溶溶春水杨花梦。红烛泪阑干，翠屏烟浪寒。

锦壶催画箭，玉佩天涯远。和泪试严妆，落梅飞晓霜。

十三

南唐中主词：“菡萏香销翠叶残，西风愁起绿波间。”大有众芳芜秽，美人迟暮之感。乃古今独赏其“细雨梦回鸡塞远，小楼吹彻玉笙寒。”故知解人正不易得。

译文

南唐中主李璟在《摊破浣溪沙》一词中写道：“菡萏香销翠叶残，西风愁起绿波间”，很有一种繁花荒芜、杂草丛生，美人进入暮年，青春殆尽容颜渐老的感觉。但自古至今，世人都欣赏词中的另一句：“细雨梦回鸡塞远，小楼吹彻玉笙寒”。由此可知真正理解词作的人是多么的难得啊。

简评

正如一千个人眼中有一千个哈姆雷特，人们对词中深意的理解，不尽相同也是自然了。

词赏

摊破浣溪沙·菡萏香销翠叶残

五代　李璟

菡萏香销翠叶残，西风愁起绿波间。还与韶光共憔悴，不堪看。

细雨梦回鸡塞远，小楼吹彻玉笙寒。多少泪珠何限恨，倚栏干。

十四

温飞卿之词，句秀也；韦端己之词，骨秀也；李重光之词，神秀也。

译文

温庭筠的词，遣词造句很讲究，显得语句秀美。韦庄的词，整体结构大气合理，显得格局秀美。李煜的词，用词精简善用白描，显得神韵秀美。

简评

郑振铎曾称韦庄“是一位伟大的诗人”，因他以良心写世间真相。

十五

词至李后主而眼界始大，感慨遂深，遂变伶工之词而为士大夫之词。周介存置诸温、韦之下，可谓颠倒黑白矣。“自是人生长恨水长东”，“流水落花春去也，天上人间”，《金荃》《浣花》能有此气象耶？

译文

词写到南唐后主李煜的时候，眼界才开始雄浑阔大，感慨才开始深远隽永，使词从伶伎的浅薄唱词变为士族大夫的诗词。周济将李煜排在温庭筠和韦庄的后面，简直是颠倒黑白啊。像“自是人生长恨水长东”“流水落花春去也，天上人间”等词句，温庭筠的《金荃集》和韦庄的《浣花集》能有这样的气象吗？

简评

王元美在《艺苑卮言》中写：“《花间》犹伤促碎，至李王父子而妙矣！”

相见欢·林花谢了春红

五代　李煜

林花谢了春红，太匆匆。无奈朝来寒雨，晚来风。

胭脂泪，相留醉，几时重。自是人生长恨，水长东。

浪淘沙令·帘外雨潺潺

五代　李煜

帘外雨潺潺，春意阑珊。罗衾不耐五更寒。梦里不知身是客，一晌贪欢。

独自莫凭栏，无限江山，别时容易见时难。流水落花春去也，天上人间。

十六

词人者，不失其赤子之心者也。故生于深宫之中，长于妇人之手，是后主为人君所短处，亦即为词人所长处。

译文

词人是保持着一颗赤子之心的人，绝假存真，没有一丝杂念。所以说，出生在深宫大院之中，成长于妇人之手，是李煜作为一代君王的缺点，但也是他作为一名词人的优势。

简评

赤子的最大特点是真，王国维对文学的最高要求之一也是真。

十七

客观之诗人，不可不多阅世，阅世愈深，则材料愈丰富、愈变化，《水浒传》《红楼梦》之作者是也。主观之诗人，不必多阅世，阅世愈浅，则性情愈真，李后主是也。

译文

表现客观世界的诗人，不能不多去经历世事。经历世事越深切，所写的材料就能越丰富，越富有变化，像《水浒传》《红楼梦》的作者就是这样的。而表现主观世界的诗人，不必多去经历世事。经历世事越浅薄，他的性情就越率真，像李煜就是这样的人。

简评

《红楼梦》里面有两句话很好，“世事洞明皆学问，人情练达即文章。”

十八

尼采谓：“一切文学，余爱以血书者。”后主之词，真所谓以血书者也。宋道君皇帝《燕山亭》词亦略似之。然道君不过自道身世之戚，后主则俨有释迦、基督担荷人类罪恶之意，其大小固不同矣。

译文

德国哲学家尼采说：“一切文学，我爱用血来书写的人。”李煜的词，真可以说是用血来写就的了。宋徽宗赵佶那首《燕山亭》略微有点相似。但赵佶只不过自己说自己的身世悲戚罢了，李煜则俨然有释迦牟尼和耶稣基督背负人类罪恶的意境，两者思想境界的大小固然不同了。

简评

此句“后主之词，真所谓以血书者也”，在学术界争议颇大。不过仁者见仁，或许也可以尼采所言：“登了最高山峰的人，笑看一切的悲剧，无论是悲剧的表演还是悲剧的实际。”

燕山亭·北行见杏花

宋代　赵佶

裁翦冰绡，打叠数重，冷淡燕脂匀注。新样靓妆，艳溢香融，羞杀蕊珠宫女。易得凋零，更多少、无情风雨。愁苦。闲院落凄凉，几番春暮。

凭寄离恨重重，这双燕，何曾会人言语。天遥地远，万水千山，知他故宫何处。怎不思量，除梦里、有时曾去。无据。和梦也、有时不做。

十九

冯正中词虽不失五代风格，而堂庑特大，开北宋一代风气。与中、后二主词皆在《花间》范围之外，宜《花间集》中不登其只字也。

译文

冯延巳的词虽然保留有五代时期的风格，但他的词境界开阔，气势恢宏，开启了北宋一代词作的风气，和李璟、李煜的词都突破了花间词风的限制，所以《花间集》中不收录他们的只言片词是很自然的事。

简评

俞平伯在《唐宋词选》中写：“南唐词确实推广了‘花间’的面貌，而开了北宋一代的风气。”

二十

正中词除《鹊踏枝》《菩萨蛮》十数阕最煊赫外，如《醉花间》之"高树鹊衔巢，斜月明寒草"，余谓韦苏州之"流萤渡高阁"，孟襄阳之"疏雨滴梧桐"不能过也。

译文

冯延巳的词除了《鹊踏枝》《菩萨蛮》等十几首名声最为煊赫外，他的《醉花间》中的"高树鹊衔巢，斜月明寒草"的词句，我认为韦应物的"流萤渡高阁"和孟浩然的"疏雨滴梧桐"，都不能超过它。

简评

冯延巳锤炼词句，举重若轻，所谓"一切景语皆情语"，正是此意。

词　赏

醉花间·晴雪小园春未到

五代　冯延巳

晴雪小园春未到，池边梅自早。

高树鹊衔巢，斜月明寒草。

山川风景好，自古金陵道，少年看却老。

相逢莫厌醉金杯，别离多，欢会少。

寺居独夜，寄崔主簿

唐代　韦应物

幽人寂不寐，木叶纷纷落。

寒雨暗深更，流萤度高阁。

坐使青灯晓，还伤夏衣薄。

宁知岁方晏，离居更萧索。

句

唐代　孟浩然

微云淡河汉，疏雨滴梧桐。

二一

欧九《浣溪沙》词“绿杨楼外出秋千”，晁补之谓只一“出”字，便后人所不能道。余谓此本于正中《上行杯》词“柳外秋千出画墙”，但欧语尤工耳。

译文

欧阳修《浣溪沙》词中有一句：“绿杨楼外出秋千”。晁补之认为，只这一个“出”字，便说出了后人所说不出的味道。我认为这句话正是借鉴了冯延巳《上行杯》中的“柳外秋千出画墙”，只不过欧阳修的句子显得更加工巧罢了。

简评

王国维又言：如果能做到不工而工，则无意求工，却能达到自然、精美，这是最高的境界。

浣溪沙·堤上游人逐画船

宋代　欧阳修

堤上游人逐画船，拍堤春水四垂天，绿杨楼外出秋千。

白发戴花君莫笑，六么催拍盏频传，人生何处似尊前。

上行杯

五代　冯延巳

落梅暑雨消残粉，云重烟深寒食近。罗幕遮香，柳外秋千出画墙。

春山颠倒钗横凤，飞絮入帘春睡重。梦里佳期，只许庭花与月知。

二二

梅圣俞《苏幕遮》词：“落尽梨花春事了。满地斜阳，翠色和烟老。”刘融斋谓少游一生似专学此种。

余谓冯正中《玉楼春》词：“芳菲次第长相续，自是情多无处足，尊前百计得春归，莫为伤春眉黛促。”永叔一生似专学此种。

译文

梅尧臣《苏幕遮》一词有：“落尽梨花春事了。满地斜阳，翠色和烟老”句。刘熙载认为，秦观一生似乎专学这种风格。

同样，我认为冯延巳的《玉楼春》一词：“芳菲次第长相续，自是情多无处足。尊前百计得春归，莫为伤春眉黛促。”欧阳修作词一生似乎都在专学这种风格。

简评

宋代沈义父在《乐府指迷》中写道：“咏物词，最忌说出题字。”梅尧臣的这首咏草词虽不着一“草”字，却用环境、形象、神态的描绘，使得春草形神兼具。和梅尧臣的开阔意境不同，冯延巳的《玉楼春》有着一种平易近人的亲近之感，在丁寿田等著的《唐五代四大名家选注》中对此也有评价，说“此词初读似觉平淡，但愈吟愈觉其意味隽永”。

苏幕遮·草

宋代　梅尧臣

露堤平，烟墅杳。乱碧萋萋，雨后江天晓。独有庾郎年最少。窣地春袍，嫩色宜相照。

接长亭，迷远道。堪怨王孙，不记归期早。落尽梨花春又了。满地残阳，翠色和烟老。

玉楼春

五代　冯延巳

雪云乍变春云簇，渐觉年华堪纵目。北枝梅蕊犯寒开，南浦波纹如酒绿。

芳菲次第长相续，自是情多无处足。尊前百计见春归，莫为伤春眉黛蹙。

二三

人知和靖《点绛唇》、圣俞《苏幕遮》、永叔《少年游》三阕为咏春草绝调，不知先有正中“细雨湿流光”五字，皆能摄春草之魂者也。

译文

大家都知道林逋的《点绛唇》、梅尧臣的《苏幕遮》和欧阳修的《少年游》三阕词为歌咏春草的绝佳词作，却不知先前已有冯延巳“细雨湿流光”五个字，都是能深刻地体现春草精魂的佳句啊！

简评

“摄春草之魂”，是王国维主张意境的创造，要描绘出微妙而生动的景象，才能离形得神，这是很高的评价。

词赏

点绛唇·金谷年年

宋代　林逋

金谷年年，乱生春色谁为主？余花落处，满地和烟雨。

又是离歌，一阕长亭暮。王孙去，萋萋无数，南北东西路。

少年游·栏干十二独凭春

宋代　欧阳修

栏干十二独凭春，晴碧远连云。千里万里，二月三月，行色苦愁人。

谢家池上，江淹浦畔，吟魄与离魂。那堪疏雨滴黄昏。更特地、忆王孙。

南乡子·细雨湿流光

五代　冯延巳

细雨湿流光，芳草年年与恨长。烟锁凤楼无限事，茫茫，鸾镜鸳衾两断肠。

魂梦任悠扬，睡起杨花满绣床。薄幸不来门半掩，斜阳，负你残春泪几行。

二四

《诗·蒹葭》一篇最得风人深致。晏同叔之“昨夜西风凋碧树。独上高楼，望尽天涯路。”意颇近之。但一洒落，一悲壮耳。

译文

《诗经·蒹葭》这首诗，最能体现出诗人精微深远的情致。晏殊《蝶恋花》中“昨夜西风凋碧树，独上高楼，望尽天涯路”的词句，意境和它比较接近。只是前者洒脱磊落，后者悲哀雄壮。

简评

王国维说“《诗·蒹葭》一篇最得风人深致”，沿承了刘熙载《艺概·诗概》中所载的“雅人有深致，风人骚人亦各有深致”之说。

蒹葭

先秦　《诗经》

蒹葭苍苍，白露为霜。所谓伊人，在水一方。溯洄从之，道阻且长。溯游从之，宛在水中央。

蒹葭萋萋，白露未晞。所谓伊人，在水之湄。溯洄从之，道阻且跻。溯游从之，宛在水中坻。

蒹葭采采，白露未已。所谓伊人，在水之涘。溯洄从之，道阻且右。溯游从之，宛在水中沚。

蝶恋花·槛菊愁烟兰泣露

宋代　晏殊

槛菊愁烟兰泣露。罗幕轻寒，燕子双飞去。明月不谙离恨苦。斜光到晓穿朱户。

昨夜西风凋碧树。独上高楼，望尽天涯路。欲寄彩笺兼尺素。山长水阔知何处。

二五

“我瞻四方，蹙蹙靡所骋。”诗人之忧生也。“昨夜西风凋碧树。独上高楼，望尽天涯路”似之。“终日驰车走，不见所问津。”诗人之忧世也。“百草千花寒食路。香车系在谁家树”似之。

译文

《诗经·节南山》中的诗句“我瞻四方，蹙蹙靡所骋”，这是诗人对人生的忧虑感慨。晏殊的“昨夜西风凋碧树，独上高楼，望尽天涯路”和它相似。陶渊明《饮酒》诗句：“终日驰车走，不见所问津”，这是对世事的担忧嗟叹。冯延巳的“百草千花寒食路，香车系在谁家树”和它相似。

简评

“忧生”“忧世”的作家乃是有时代责任感的作家，不管在任何时代，最杰出的作品也都是此类作品。

节南山（节选）

先秦　佚名

……

驾彼四牡，四牡项领。我瞻四方，蹙蹙靡所骋。

方茂尔恶，相尔矛矣。既夷既怿，如相酬矣。

昊天不平，我王不宁。不惩其心，覆怨其正。

家父作诵，以究王讻。式讹尔心，以畜万邦。

鹊踏枝·几日行云何处去

五代　冯延巳

几日行云何处去？忘却归来，不道春将暮。百草千花寒食路，香车系在谁家树。

泪眼倚楼频独语。双燕飞来，陌上相逢否？撩乱春愁如柳絮。悠悠梦里无寻处。

饮酒·羲农去我久

东晋　陶渊明

羲农去我久，举世少复真。
汲汲鲁中叟，弥缝使其淳。
凤鸟虽不至，礼乐暂得新。
洙泗辍微响，漂流逮狂秦。
诗书复何罪？一朝成灰尘。
区区诸老翁，为事诚殷勤。
如何绝世下，六籍无一亲。
终日驰车走，不见所问津。
若复不快饮，空负头上巾。
但恨多谬误，君当恕醉人。

二六

古今之成大事业、大学问者，必经过三种之境界。

“昨夜西风凋碧树，独上高楼，望尽天涯路”，此第一境也。

“衣带渐宽终不悔，为伊消得人憔悴”，此第二境也。

“众里寻他千百度，回头蓦见，那人正在灯火阑珊处”，此第三境也。

此等语皆非大词人不能道。然遽以此意解释诸词，恐为晏、欧诸公所不许也。

译文

自古至今，那些成就大事业、大学问的人，都必定要经历三种境界：

“昨夜西风凋碧树，独上高楼，望尽天涯路”，这是第一境。

“衣带渐宽终不悔，为伊消得人憔悴”（注：此句为柳永的诗句，不是欧阳修的，这里作者表述有误），这是第二境。

“众里寻他千百度，蓦然回首，那人却在，灯火阑珊处”，这是第三境。

这些语句，不是大词人是说不出来的。然而用这样的语句来解释上面那些词，恐怕晏殊、欧阳修等人是不会允许的。

简评

孔子曰："知之者不如好之者，好之者不如乐之者。"读书的三境界全在其中了。

蝶恋花·槛菊愁烟兰泣露

宋代　晏殊

槛菊愁烟兰泣露。罗幕轻寒，燕子双飞去。明月不谙离恨苦。斜光到晓穿朱户。

昨夜西风凋碧树。独上高楼，望尽天涯路。欲寄彩笺兼尺素。山长水阔知何处。

蝶恋花·伫倚危楼风细细

宋代　柳永

伫倚危楼风细细。望极春愁，黯黯生天际。草色烟光残照里。无言谁会凭阑意。

拟把疏狂图一醉。对酒当歌，强乐还无味。衣带渐宽终不悔。为伊消得人憔悴。

青玉案·元夕

宋代　辛弃疾

东风夜放花千树。更吹落、星如雨。宝马雕车香满路。凤箫声动，玉壶光转，一夜鱼龙舞。

蛾儿雪柳黄金缕。笑语盈盈暗香去。众里寻他千百度。蓦然回首，那人却在，灯火阑珊处。

二七

永叔“人间自是有情痴，此恨不关风与月”“直须看尽洛城花，始与东风容易别”，于豪放之中有沉著之致，所以尤高。

译文

欧阳修《玉楼春》中“人生自是有情痴，此恨不关风与月”“直须看尽洛城花，始共春风容易别”等词句，在豪放之中蕴含深沉的情致，所以尤其高明。

简评

刘熙载在《艺概·词曲概》中说：“冯延巳词，晏同叔（晏殊）得其俊，欧阳永叔（欧阳修）得其深”。这个评价更为中肯。也就是说欧阳修已在继承南唐词风的基础上，向着更为深沉、细腻的层次发展了。

词赏

玉楼春·尊前拟把归期说

宋代　欧阳修

尊前拟把归期说，未语春容先惨咽。人生自是有情痴，此恨不关风与月。

离歌且莫翻新阕，一曲能教肠寸结。直须看尽洛城花，始共春风容易别。

二八

冯梦华《宋六十一家词选·序例》谓："淮海、小山，古之伤心人也，其淡语皆有味，浅语皆有致。"余谓此唯淮海足以当之。小山矜贵有余，但可方驾子野、方回，未足抗衡淮海也。

译文

冯煦在《宋六十一家词选·序例》中说道："淮海、小山，古之伤心人也，其淡语皆有味，浅语皆有致。"我认为，这句话只有秦观才能担当。晏几道矜持华贵有余，只可与张先、贺铸等人并驾齐驱，不足以与秦观抗衡。

简评

刘熙载在《艺概》中也写道："少游（秦观）词有小晏之妍，而幽趣则过之。"

二九

少游词境最为凄婉。至"可堪孤馆闭春寒，杜鹃声里斜阳暮"，则变而凄厉矣。东坡赏其后二语，犹为皮相。

译文

秦观词作的意境显得最为凄婉。写到"可堪孤馆闭春寒，杜鹃声里斜阳暮"这样的词句时，就变为凄厉了。苏轼欣赏他最后两句"郴江幸自绕郴山，为谁流下潇湘去"，可见理解还是浮于表面，未得精髓。

简评

朱光潜在《诗的隐与显》中写道："'可堪孤馆闭春寒'二句胜于'郴江幸自绕郴山'二句，不仅因为它'凄厉'，而尤在它能以情御才而才不露。"

三十

“风雨如晦，鸡鸣不已。”

“山峻高以蔽日兮，下幽晦以多雨。霰雪纷其无垠兮，云霏霏而承宇。”

“树树皆秋色，山山尽落晖。”

“可堪孤馆闭春寒，杜鹃声里斜阳暮。”

气象皆相似。

译文

《诗经·风雨》中“风雨如晦，鸡鸣不已”句。《楚辞·九章·涉江》中“山峻高以蔽日兮，下幽晦以多雨。霰雪纷其无垠兮，云霏霏而承宇”句。王绩《野望》中“树树皆秋色，山山唯落晖”句。秦观《踏莎行》中“可堪孤馆闭春寒，杜鹃声里斜阳暮”句。气象都相似。

简评

叶嘉莹提到“气象”一词时说，“《人间词话》所提出的‘气象’一词，该是指作者之精神透过作品中之意象与规模所呈现出来的一个整体的精神风貌”。“这种‘气象’，当然绝不是《金荃》《浣花》诸词仅写狭隘的闺阁儿女之情的作品所能比拟的”。

风雨

先秦　佚名

风雨凄凄，鸡鸣喈喈，既见君子。云胡不夷？

风雨潇潇，鸡鸣胶胶。既见君子，云胡不瘳？

风雨如晦，鸡鸣不已。既见君子，云胡不喜？

野望

唐代　王绩

东皋薄暮望，徙倚欲何依。

树树皆秋色，山山唯落晖。

牧人驱犊返，猎马带禽归。

相顾无相识，长歌怀采薇。

九章·涉江

楚国　屈原

苟余心其端直兮，虽僻远之何伤？

入溆浦余儃佪兮，迷不知吾所如。

深林杳以冥冥兮，乃猿狖之所居。

山峻高以蔽日兮，下幽晦以多雨。

霰雪纷其无垠兮，云霏霏而承宇。

哀吾生之无乐兮，幽独处乎山中。

吾不能变心而从俗兮，固将愁苦而终穷。

接舆髡首兮，桑扈臝行。

忠不必用兮，贤不必以。

三一

昭明太子称陶渊明诗“跌宕昭彰，独超众类。抑扬爽朗，莫之与京”。王无功称薛收赋“韵趣高奇，词义晦远。嵯峨萧瑟，真不可言”。词中惜少此二种气象，前者唯东坡，后者唯白石，略得一二耳。

译文

南梁昭明太子萧统称，陶渊明的诗“跌宕昭彰，独超众类。抑扬爽朗，莫之与京”。唐代诗人王绩称，薛收的辞赋“韵趣高奇，词义晦远。嵯峨萧瑟，真不可言”。可惜词中少这两种气象，前者只有苏轼，后者只有姜夔，略有体现罢了。

简评

南北朝时诗评家对陶渊明的诗评价不高，刘勰的《文心雕龙》也不提陶渊明的诗，钟嵘在《诗品》中更是将其诗列为“中下”。

三二

词之雅郑，在神不在貌。永叔、少游虽作艳语，终有品格。方之美成，便有淑女与倡伎之别。

译文

词的雅正淫糜的区分，在于它内在的神韵而不在于它的表现形式。像欧阳修、秦观的词作虽然都写过艳丽之词，但终归有品位格调。跟周邦彦比起来，便犹如淑女和倡伎的区别了。

简评

王国维在这里批周邦彦的词是“倡伎”，但在其《清真先生遗迹》中却称“词中老杜，断非先生（周邦彦）不可”，这无疑是对周词的最高评价。看来知人论世，谈何容易。

三三

美成深远之致不及欧、秦。唯言情体物，穷极工巧，故不失为第一流之作者。但恨创调之才多，创意之才少耳。

译文

周邦彦的词，在意趣深远方面不如欧阳修和秦观，只是抒发情感、体察事物时，极其工巧精致，所以仍不失为第一流的词人。只是遗憾他创作曲调的才华多，创新词意的才能少罢了。

简评

宋人沈义父说：“凡作词，当以清真（即周邦彦）为主。盖清真最为知音，且无一点市井气。下字运意，皆有法度，往往自唐宋诸贤诗句中来，而不用经史中生硬字面，此所以为冠绝也。”

三四

词忌用替代字。

美成《解语花》之“桂华流瓦”，境界极妙。惜以“桂华”二字代“月”耳。梦窗以下，则用代字更多。其所以然者，非意不足，则语不妙也。

盖意足则不暇代，语妙则不必代。此少游之“小楼连苑”，“绣毂雕鞍”所以为东坡所讥也。

译文

作词忌讳用替代字。

周邦彦《解语花》中的“桂华流瓦”一句，境界极其高妙，只可惜用了“桂华”二字来替代“月光”。吴文英以后的人，用替代字的人更多了。之所以出现这种情况，不是意境不足，就是用语不够高超精妙。

因为如果意境完足，就不用多此一举；如果用语巧妙，根本没有必要去找替代字。这就是秦观使用替代字而受苏轼的讥笑的原因。根据俞文豹

《吹剑三录》记载，秦观在《水龙吟》一词中写道："小楼连苑横空，下窥绣毂雕鞍骤"，东坡看后说："十三个字，仅仅是说一个人骑马从楼前经过。"

简评

朱光潜评王国维的《人间词话》时曾说，"王先生论隔与不隔的分别，说隔'如雾里看花'，不隔为'话语都在目前'，也嫌不很妥当"。"写景的诗要显，言情的诗却要'隐'。梅圣俞说诗'状难写之景如在目前，含不尽之意见于言外'，就是看到写景宜显写情宜隐的道理"。

词赏

水龙吟·小楼连苑横空

宋代　秦观

小楼连苑横空，下窥绣毂雕鞍骤。朱帘半卷，单衣初试，清明时候。破暖轻风，弄晴微雨，欲无还有。卖花声过尽，斜是院落，红成阵、飞鸳甃。

玉佩丁东别后，怅佳期、参差难又。名缰利锁，天还知道，和天也瘦。花下重门，柳边深巷，不堪回首。念多情，但有当时皓月，向人依旧。

三五

沈伯时《乐府指迷》云:“说桃不可直说破桃,须用‘红雨’‘刘郎’等字。咏柳不可直说破柳,须用‘章台’‘霸岸’等字。”

若惟恐人不用代字者。

果以是为工,则古今类书具在,又安用词为耶?宜其为《提要》所讥也。

译文

南宋沈义父在《乐府指迷》中说:“说桃,不可直说破桃,须用‘红雨’‘刘郎’等字;咏柳,不可直说破柳,须用‘章台’‘灞岸’等字。”

好像唯恐别人不用替代字。

如果按照这样才叫工巧的话,那么古今各类书都在,还作什么词呢?也难怪他被《四库提要》所讥笑。

简评

周振甫在《诗词例话》中说：“总之，写景的诗词，以少用代字或典为宜。感情抒怀的作品，意思多，感情深，而诗词的篇幅短，容纳不下，需要加以浓缩，那就免不了要用代字、用典，一切看具体情况而定。”

三六

美成《青玉案》词："叶上初阳干宿雨。水面清圆，一一风荷举。"此真能得荷之神理者。觉白石《念奴娇》《惜红衣》二词，犹有隔雾看花之恨。

译文

周邦彦《青玉案》词中："叶上初阳干宿雨，水面清圆，一一风荷举"一句，真是深得荷花神韵本质的好句子啊。由此感到姜夔《念奴娇》《惜红衣》这两首同样写荷花的词作，都还有隔雾看花的遗憾。

简评

刘熙载言："文善醒，诗善醉。醉中语亦有醒时道不到者。""醉"又何尝"隔"于深情呢？

词　赏

苏幕遮·燎沉香

宋代　周邦彦

燎沈香，消溽暑。鸟雀呼晴，侵晓窥檐语。叶上初阳干宿雨、水面清圆，一一风荷举。

故乡遥，何日去。家住吴门，久作长安旅。五月渔郎相忆否。小楫轻舟，梦入芙蓉浦。

三七

东坡《水龙吟》，咏杨花，和韵而似原唱。章质夫词，原唱而似和韵。才之不可强也如是！

译文

苏轼《水龙吟》，歌咏杨花，本是和韵，却好像首创。章质夫本是首创，却好像是和韵。所以说，词人的才华和文采是不可强求的。

简评

东坡先生才高，所以能“状难写之境景，如在目前；含不尽之意，见于言外”。《水龙吟》虽是咏杨花，但读者看到的却是东坡先生的真性情。是以王国维认为“咏物之词，自以东坡《水龙吟》为最工”。

词 赏

水龙吟·次韵章质夫杨花词

宋代 苏轼

似花还似非花，也无人惜从教坠。抛家傍路，思量却是，无情有思。萦损柔肠，困酣娇眼，欲开还闭。梦随风万里，寻郎去处，又还被、莺呼起。

不恨此花飞尽，恨西园、落红难缀。晓来雨过，遗踪何在？一池萍碎。春色三分，二分尘土，一分流水。细看来，不是杨花，点点是离人泪。

三八

咏物之词，自以东坡《水龙吟》为最工，邦卿《双双燕》次之。白石《暗香》《疏影》，格调虽高，然无一语道着，视古人“江边一树垂垂发”等句何如耶？

译文

咏物的词作，当然以苏轼的《水龙吟》最为工巧，史达祖的《双双燕》排第二。至于姜夔的《暗香》《疏影》二词，格调虽然很高，但却没有一句能够切实传神描写梅花，比起古人“江边一树垂垂发”这样的诗句如何呀？

简评

姜夔词清空高洁，极富想象，语言上灵动自然。其情感有着孤云野飞、去留无迹的意趣，但也正是由于它无所定指，以致《暗香》《疏影》的主题千余年来尚无定论。

词赏

双双燕·咏燕

宋代　史达祖

过春社了，度帘幕中间，去年尘冷。差池欲住，试入旧巢相并。还相雕梁藻井。又软语、商量不定。飘然快拂花梢，翠尾分开红影。

芳径。芹泥雨润。爱贴地争飞，竞夸轻俊。红楼归晚，看足柳昏花暝。应自栖香正稳。便忘了、天涯芳信。愁损翠黛双蛾，日日画阑独凭。

和裴迪登蜀州东亭送客逢早梅相忆见寄

唐代　杜甫

东阁官梅动诗兴，还如何逊在扬州。

此时对雪遥相忆，送客逢春可自由。

幸不折来伤岁暮，若为看去乱乡愁。

江边一树垂垂发，朝夕催人自白头。

三九

白石写景之作，如“二十四桥仍在，波心荡、冷月无声。”“数峰清苦，商略黄昏雨。”“高树晚蝉，说西风消息。”

虽格韵高绝，然如雾里看花，终隔一层。

梅溪、梦窗诸家写景之病，皆在一“隔”字。北宋风流，渡江遂绝。抑真有运会存乎其间耶？

译文

姜夔写景的词作当中，像“二十四桥仍在，波心荡，冷月无声”“数峰清苦，商略黄昏雨”“高树晚蝉，说西风消息”等词句，虽然格调高雅绝妙，但读来如同雾里看花，终归隔了一层。

另外，史达祖、吴梦窗等词人写景的弊病，也都在这一个“隔”字。都说北宋词坛的风流在渡江南下以后就绝迹了，难道真有运数在这其间存在流转吗？

简评

宗白华说：“唐代李商隐的诗，则可以说是一种‘隔’的美。”隔与不隔，可见不能一视而论。

点绛唇·丁未冬过吴松作

宋代　姜夔

燕雁无心，太湖西畔随云去。数峰清苦。商略黄昏雨。

第四桥边，拟共天随住。今何许。凭阑怀古。残柳参差舞。

惜红衣·吴兴荷花

宋代　姜夔

枕簟邀凉，琴书换日，睡余无力。细洒冰泉，并刀破甘碧。墙头唤酒，谁问讯、城南诗客。岑寂，高柳晚蝉，说西风消息。

虹梁水陌，鱼浪吹香，红衣半狼藉。维舟试望，故国渺天北。可惜柳边沙外，不共美人游历。问甚时同赋，三十六陂秋色？

扬州慢·淮左名都

宋代　姜夔

淳熙丙申至日，予过维扬。夜雪初霁，荠麦弥望。入其城，则四顾萧条，寒水自碧，暮色渐起，戍角悲吟。予怀怆然，感慨今昔，因自度此曲。千岩老人以为有“黍离”之悲也。

淮左名都，竹西佳处，解鞍少驻初程。过春风十里。尽荠麦青青。自胡马窥江去后，废池乔木，犹厌言兵。渐黄昏，清角吹寒。都在空城。

杜郎俊赏，算而今、重到须惊。纵豆蔻词工，青楼梦好，难赋深情。二十四桥仍在，波心荡、冷月无声。念桥边红药，年年知为谁生。

四十

问“隔”与“不隔”之别，曰：陶、谢之诗不隔，延年则稍隔矣。东坡之诗不隔，山谷则稍隔矣。

“池塘生春草”“空梁落燕泥”等二句，妙处唯在不隔。

词亦如是。即以一人一词论，如欧阳公《少年游·咏春草》上半阕云：“阑干十二独凭春，晴碧远连云。千里万里，二月三月，行色苦愁人。”

语语都在目前，便是不隔。至云“谢家池上，江淹浦畔”，则隔矣。

白石《翠楼吟》：“此地，宜有词仙，拥素云黄鹤，与君游戏。玉梯凝望久，叹芳草萋萋千里。”便是不隔。至“酒祓清愁，花消英气”，则隔矣。然南宋词虽不隔处，比之前人，自有浅深厚薄之别。

译文

有人问“隔”与“不隔”之间的区别，我举例来说明：陶渊明、谢灵运的诗不隔，颜延之的诗就稍微隔了。苏轼的诗不隔，黄庭坚的诗就稍微隔了。

“池塘生春草”“空梁落燕泥”这两句诗，它的妙处就是不隔。词也一样。

如果用一个人的同一词来评论的话，欧阳修《少年游》咏春草上半阕所写的“阑干十二独凭春，晴碧远连云。千里万里，二月三月，行色苦愁人”，每句话读来如在眼前，这便是不隔。至于写到“谢家池上，江淹浦畔”，也就隔了。

姜夔《翠楼吟》所写的“此地，宜有词仙，拥素云黄鹤，与君游戏。玉梯凝望久，叹芳草、萋萋千里”，这便是不隔。至于写到“酒祓清愁，花消英气”，也就隔了。但是，南宋的词作虽说有不隔处，与前人相比的话，还是有深浅厚薄的差别。

登池上楼（节选）

南北朝　谢灵运

池塘生春草，园柳变鸣禽。
祁祁伤豳歌，萋萋感楚吟。
索居易永久，离群难处心。
持操岂独古，无闷征在今。

昔昔盐（节选）

隋代　薛道衡

飞魂同夜鹊，倦寝忆晨鸡。
暗牖悬蛛网，空梁落燕泥。
前年过代北，今岁往辽西。
一去无消息，那能惜马蹄？

少年游·栏干十二独凭春

宋代　欧阳修

栏干十二独凭春，晴碧远连云。千里万里，二月三月，行色苦愁人。

谢家池上，江淹浦畔，吟魄与离魂。那堪疏雨滴黄昏。更特地、忆王孙。

翠楼吟·淳熙丙午冬

宋代　姜夔

月冷龙沙，尘清虎落，今年汉酺初赐。新翻胡部曲，听毡幕元戎歌吹。层楼高峙。看槛曲萦红，檐牙飞翠。人姝丽，粉香吹下，夜寒风细。

此地，宜有词仙，拥素云黄鹤，与君游戏。玉梯凝望久，叹芳草萋萋千里。天涯情味。仗酒祓清愁，花销英气。西山外，晚来还卷，一帘秋霁。

四一

“生年不满百，常怀千岁忧。昼短苦夜长，何不秉烛游？”“服食求神仙，多为药所误。不如饮美酒，被服纨与素。”写情如此，方为不隔。

“采菊东篱下，悠然见南山。山气日夕佳，飞鸟相与还。”“天似穹庐，笼盖四野。天苍苍，野茫茫。风吹草低见牛羊。”写景如此，方为不隔。

译文

《古诗十九首》中写道：“生年不满百，常怀千岁忧。昼短苦夜长，何不秉烛游”“服食求神仙，多为药所误。不如饮美酒，被服纨与素”，写情能到这个份上，才可以说不隔。

“采菊东篱下，悠然见南山。山气日夕佳，飞鸟相与还。”“天似穹庐，笼盖四野。天苍苍，野茫茫，风吹草低见牛羊。”写景写到这个份上，也才可以说不隔。

生年不满百

汉代　佚名

生年不满百，常怀千岁忧。
昼短苦夜长，何不秉烛游！
为乐当及时，何能待来兹？
愚者爱惜费，但为後世嗤。
仙人王子乔，难可与等期。

敕勒歌

南北朝　佚名

敕勒川，阴山下。天似穹庐，笼盖四野。
天苍苍，野茫茫。风吹草低见牛羊。

驱车上东门

汉代　佚名

驱车上东门，遥望郭北墓。

白杨何萧萧，松柏夹广路。

下有陈死人，杳杳即长暮。

潜寐黄泉下，千载永不寤。

浩浩阴阳移，年命如朝露。

人生忽如寄，寿无金石固。

万岁更相送，贤圣莫能度。

服食求神仙，多为药所误。

不如饮美酒，被服纨与素。

四二

古今词人格调之高，无如白石。惜不于意境上用力，故觉无言外之味，弦外之响，终不能与于第一流之作者也。

译文

自古至今，词人论格调高绝，没有人比得上姜夔。可惜他不在意境上下功夫，所以总觉得他的词没有言外之味、弦外之响，最终仍不能把他列为第一流的词作者。

简评

“无言外之味，弦外之响”往往是通过情景交融的描写来达到的，这也是有意境的一个重要构成。

四三

南宋词人，白石有格而无情，剑南有气而乏韵。其堪与北宋人颉颃者，唯一幼安耳。近人祖南宋而祧北宋，以南宋之词可学，北宋不可学也。

学南宋者，不祖白石，则祖梦窗，以白石、梦窗可学，幼安不可学也。学幼安者率祖其粗犷、滑稽，以其粗犷、滑稽处可学，佳处不可学也。

幼安之佳处，在有性情，有境界。即以气象论，亦有“傍素波、干青云”之概，宁后世龊龊小生所可拟耶？

译文

南宋的词人，姜夔的词有格调但无情趣，陆游的词有气势但少韵味。其中能够与北宋词人一比高低的，只有辛弃疾一人了。近人师法南宋的词，却疏远北宋的词，这是因为南宋的词易学，而北宋的词难学的缘故啊。

再说学南宋词的人，不是师从姜夔就是吴文英，这是因为他们两个的词易学，而辛弃疾的词难学的缘故啊。也有学辛弃疾的人，全部学他的粗犷和滑稽，因为这些东西易学，而真正的好处难学啊。

辛弃疾的好处在于有性情、有境界，如果单从气象来说，也有“横素波而傍流、干青云而直上”的气概，这哪是后人当中那些龌龊的小辈所能比拟的呢？

简评

梁启超曾评，辛词“除稼轩（辛弃疾）外，还有苏东坡（苏轼）、姜白石（姜夔）。都是大家。苏辛同派，向来词家都以公认；我觉得白石也是这一路，他的好处不在微词，而在壮采，但苏、姜所处地位与辛不同。辛词自然格外真切，所以我拿他做这派的代表”。

四四

东坡之词旷，稼轩之词豪。无二人之胸襟而学其词，犹东施之效捧心也。

译文

苏轼的词旷达，辛弃疾的词豪迈。没有他们二人的胸襟而又想学习他们的词作风格，就好像是东施学习西施捧心一般适得其反。

简评

刘熙载在《艺概·词曲概》中说，苏轼的词“具神仙出世之姿”，辛弃疾的词“龙腾虎掷”乃“豪杰之词”。陈廷焯在《白雨斋词话》中也说，苏轼“心地光明磊落，忠爱根于性生，故词极超旷，而意极和平”。辛弃疾“有吞吐八荒之概”，“故词极豪雄，而意极悲郁”。

四五

读东坡、稼轩词，须观其雅量高致，有伯夷、柳下惠之风。白石虽似蝉蜕尘埃，然终不免局促辕下。

译文

读苏轼和辛弃疾的词，必须多观摩他们的雅量高致，有古圣贤伯夷、柳下惠的风范。而姜夔虽然也好像夏蝉蜕皮，脱去尘埃，但终究不免显得局促，如同被车辕束缚住的马驹了。

简评

苏轼自启蒙起便受到儒、释、道三家思想的熏染，其性格明显有着豁达开朗的特点，而辛弃疾不同，他自小经历了金兵侵犯中原蹂躏百姓的种种，对此有着切肤之痛的体验，所以在他的身上，除了诗人所具有的文人气质外，更多体现的是军人那种豪迈悲壮的气概。

四六

苏、辛，词中之狂。白石犹不失为狷。若梦窗、梅溪、玉田、草窗、中麓辈，面目不同，同归于乡愿而已。

译文

苏轼和辛弃疾，是词人中的狂者。姜夔，仍然可以算作是狷者。至于吴文英、史达祖、张炎、周密、陈允平等词人，虽然各有风格，但都只是貌似忠厚，实则恶俗的乡愿而已。

简评

孔子说“狂者进取”。苏轼要“老夫聊发少年狂”。王国维也赞成写作品要“狂”，说“一事能狂便少年”。

四七

稼轩中秋饮酒达旦，用《天问》体作《木兰花慢》以送月，曰："可怜今夕月，向何处、去悠悠？是别有人间，那边才见，光景东头。"

词人想象，直悟月轮绕地之理，与科学家密合，可谓神悟。

译文

辛弃疾在《木兰花慢》（中秋饮酒达旦）一词中，用《天问》体裁形式表达送月的内容，其词云："可怜今夜月，向何处，去悠悠？是别有人间，那边才见，光景东头。"

词人依靠自己的想象，居然直观地领悟出月亮围绕地球运行的天理，与当今科学家的研究成果符合，可以称之为神悟了。

简评

辛弃疾的想象力之丰富，可谓达到了"想落天外"之奇境。

木兰花慢·可怜今夕月

宋代 辛弃疾

中秋饮酒将旦，客谓前人诗词有赋待月无送月者，因用《天问》体赋。

可怜今夕月，向何处，去悠悠？是别有人间，那边才见，光影东头？是天外。空汗漫，但长风浩浩送中秋？飞镜无根谁系？姮娥不嫁谁留？

谓经海底问无由，恍惚使人愁。怕万里长鲸，纵横触破，玉殿琼楼。虾蟆故堪浴水，问云何玉兔解沉浮？若道都齐无恙，云何渐渐如钩？

四八

周介存谓："梅溪词中喜用'偷'字，足以定其品格。"刘融斋谓："周旨荡而史意贪。"此二语令人解颐。

译文

周济在《介存斋论词杂著》中认为，"史达祖的词中，喜欢用'偷'字，完全可以用这个字来断定他这个人的品格了。"刘熙载在《艺概·词曲概》中也说："周邦彦词作旨趣放荡，而史达祖的词作旨意贪婪。"这两句评论读来让人会心而笑。

简评

王国维向来赞成以作者的品格来决定作品的评价，和我们常说的"文如其人"有异曲同工之意。

四九

介存谓梦窗词之佳者，如“水光云影，摇荡绿波，抚玩无斁，追寻已远”。余览《梦窗甲乙丙丁稿》中，实无足当此者。有之，其“隔江人在雨声中，晚风菰叶生秋怨”二语乎？

译文

周济在《介存斋论词杂著》中认为，吴文英写得好的词，如同“天光云影，摇荡绿波，抚玩无斁，追寻已远”。我看完吴文英的《梦窗甲乙丙丁稿》，却觉得当中实在没有一阕词足以和以上的评论相称。如果真的有，“隔江人在雨声中，晚风菰叶生秋怨”这两句算不算？

简评

冯煦在《宋六十一家词例言》中讲：“梦窗之词丽而则，幽邃而绵密。脉络井井，而卒焉不得其端倪。”

词　赏

踏莎行

宋代　吴文英

润玉笼绡，檀樱倚扇。绣圈犹带脂香浅。榴心空叠舞裙红，艾枝应压愁鬟乱。

午梦千山，窗阴一箭。香瘢新褪红丝腕。隔江人在雨声中，晚风菰叶生秋怨。

五十

梦窗之词，余得取其词中之一语以评之曰：“映梦窗，凌乱碧。”玉田之词，余得取其词中之一语以评之曰：“玉老田荒。”

译文

吴文英的词，我取他词中的一句来评论：“映梦窗，凌乱碧。”张炎的词，我取他词中的一句来评论：“玉老田荒。”

简评

张炎《词源》写：“吴梦窗词，如七宝楼台，眩人眼目，碎拆下来，不成片段。”王国维在这里大抵也有此意。

秋思（夹钟商荷塘为括苍名姝求赋其听雨小阁）

宋代　吴文英

堆枕香鬟侧。骤夜声、偏称画屏秋色。风碎串珠，润侵歌板，愁压眉窄。动罗箑清商，寸心低诉叙怨抑。映梦窗，零乱碧。待涨绿春深，落花香泛，料有断红流处，暗题相忆。

欢酌，檐花细滴。送故人、粉黛重饰。漏侵琼瑟。丁东敲断，弄晴月白。怕一曲、霓裳未终，催去骖凤翼。叹谢客、犹未识。漫瘦却东阳，灯前无梦到得。路隔重云雁北。

祝英台近·与周草窗话旧

宋代　张炎

水痕深，花信足，寂寞汉南树。转首青阴，芳事顿如许。不知多少消魂，夜来风雨。犹梦到、断红流处。

最无据。长年息影空山，愁入庾郎句。玉老田荒，心事已迟暮。几回听得啼鹃，不如归去。终不似、旧时鹦鹉。

五一

“明月照积雪”“大江流日夜”“中天悬明月”“黄河落日圆”，此种境界，可谓千古壮观。求之于词，唯纳兰容若塞上之作，如《长相思》之“夜深千帐灯”，《如梦令》之“万帐穹庐人醉，星影摇摇欲坠”差近之。

译文

“明月照积雪”“大江流日夜”“中天悬明月”“黄河落日圆”，这些诗句所体现的种种境界，都可以说是千古壮观了。如果要在词中找出类似的句子来，只有纳兰容若的塞上之作，像《长相思》中的“夜深千帐灯”，《如梦令》中的“万帐穹庐人醉，星影摇摇欲坠”这两句比较接近了。

简评

王夫之在《姜斋诗话》中提到的“有大景，有小景，有大景中小景”，大概就是王国维的“境界”和“境界有大小”之意了。

词赏

长相思·山一程

清代　纳兰性德

山一程，水一程。

身向榆关那畔行，夜深千帐灯。

风一更，雪一更。

聒碎乡心梦不成，故园无此声。

如梦令·万帐穹庐人醉

清代　纳兰性德

万帐穹庐人醉，星影摇摇欲坠，

归梦隔狼河，又被河声搅碎。

还睡、还睡，解道醒来无味。

五二

纳兰容若以自然之眼观物，以自然之舌言情。此由初入中原，未染汉人风气，故能真切如此。北宋以来，一人而已。

译文

纳兰容若能够用自然的眼睛来观察事物，用自然之口吻来抒发感情，这是因为他刚从关外进入中原，没有被汉人的不良风气所沾染，所以才能有真切的性情。北宋以来，能写出这样的词的人只有他一人而已。

简评

王国维认为，人的本性是真，他说：“阅世愈浅，则性情愈真”。所以他提倡“自然之眼”“自然之舌”，这和袁宏道的“信心而出，信口而谈”“信腕信口，皆成律度”其实同意。

五三

陆放翁跋《花间集》，谓："唐季五代，诗愈卑，而倚声者辄简古可爱。能此不能彼，未可以理推也。"

《提要》驳之，谓："犹能举七十斤者，举百斤则蹶，举五十斤则运掉自如。"其言甚辨。然谓词必易于诗，余未敢信。

善乎陈卧子之言曰："宋人不知诗而强作诗，故终宋之世无诗。然其欢愉愁苦之致，动于中而不能抑者，类发于诗余，故其所造独工。"五代词之所以独胜，亦以此也。

译文

陆游在为《花间集》作跋的时候说道："唐季五代以来，诗越来越卑微，而词却显得更加简古可爱，能写词不能写诗，真不知是什么道理呀。"

《四库提要》驳斥他说："这就好比是举重，能举七十斤的人，让他举一百斤就会蹶倒，而让他举五十斤就轻松自如了。"这话好像是把道理辨别得很清楚了。但如果要说词比诗容易写，我是不能信服的。

还是明末的陈子龙说得好："宋人不知道什么叫诗却要强写诗，所以整个宋代都没有什么好诗。但他们欢愉愁苦到了极点，情动于衷而无法抑制的时候，于是凭借诗以外的载体来抒发情感，所以独擅词作，妙绝一代。"五代的词作之所以独占鳌头，也是这个缘故啊。

简评

温庭筠言："五代词以帝王为最工。"这里的帝王是指李璟、李煜父子。

五四

四言敝而有《楚辞》，《楚辞》敝而有五言，五言敝而有七言，古诗敝而有律绝，律绝敝而有词。

盖文体通行既久，染指遂多，自成习套。豪杰之士，亦难于其中自出新意，故遁而作他体，以自解脱。一切文体所以始盛终衰者，皆由于此。

故谓文学后不如前，余未敢信。但就一体论，则此说固无以易也。

译文

四言诗衰微而后有了《楚辞》，《楚辞》衰微而后有了五言诗，五言诗衰微后有了七言，古诗衰微后有了律诗绝句，律绝衰微后有了词。

这是因为一种文体通行久了，写的人也就多了，慢慢地就会形成套路和习气。最后即使是诗词中的豪杰能人，也很难从中自出机杼，写出什么新意来，于是避开另创新文体，从新的文体中去求得自由和新意。一切文体，之所以会由盛而衰，都是由于这个原因。

有人说，在文学发展的历史进程中，总是后者不如前者，我从不信服。但如果单就某一种文体来说，这种说法则又是必然的，千古不易。

简评

王国维在《宋元戏曲考》序中说："凡一代有一代的文学：楚之骚，汉之赋，六代之骈语，唐之诗，元之曲，皆所谓一代之文学。"

五五

诗之三百篇、十九首，词之五代、北宋，皆无题也，非无题也，诗词中之意，不能以题尽之也。

自《花庵》《草堂》每调立题，并古人无题之词亦为之作题。如观一幅佳山水，而即曰此某山某河，可乎？诗有题而诗亡，词有题而词亡。

然中材之士，鲜能知此而自振拔者矣。

译文

《诗经》三百篇、《古诗十九首》，五代、北宋的词，都是无题的。其实并非真的无题，而是词中的旨意，无法用标题进行概括道尽。

自《花庵词选》和《草堂诗余》以来，对每一诗词都进行标题，甚至连同古人原本无题的词作也加了标题。这就如同欣赏一幅绝好的山水画，你却明确地告诉观画人说：这是某山某河，能行吗？诗有题而诗亡，词有题而词亡。

但对于才学一般的人来说，很少有能够明白其中道理并且振奋自拔的。

简评

“诗有题而诗亡，词有题而词亡。”此语未免太过绝对，如北宋词中“有题”的现象也是常见的，其中苏轼词更是以有题为主，如果将北宋词概括定为“无题”，就显得草率了。

五六

大家之作，其言情也必沁人心脾，其写景也必豁人耳目。其辞脱口而出，无矫揉妆束之态。以其所见者真，所知者深也。

诗词皆然。持此以衡古今之作者，可无大误矣。

译文

对于大文学家来说，他的作品所抒发的情感一定能深入到人们的心中，所描写的景物也必是令人耳目一新的。文中所用的词句脱口而出，真切自然，毫无矫揉造作、堆砌束缚的感觉。这是因为他们的观察细致真切，理解深邃透彻的原因。

同样，作诗作词都是如此。按照这个标准去衡量古今的诗词作者，基本就没有什么误差了。

五七

人能于诗词中不为美刺投赠之篇，不使隶事之句，不用粉饰之字，则于此道已过半矣。

译文

如果一个人能够在诗词创作中，不作歌功颂德、惩恶劝世的作品，不作拜见赠答的应酬作品，不使用堆砌典故的句子，不追求华丽不实的文字，那么，他在诗词创作的道路上已经成功一半了。

简评

作文章，情真意切最为关键。

五八

以《长恨歌》之壮采，而所隶之事，只“小玉双成”四字，才有余也。梅村歌行，则非隶事不办。

白、吴优劣，即于此见。不独作诗为然，填词家亦不可不知也。

译文

以白居易《长恨歌》这样的鸿篇诗作，悲壮的气势、飞扬的文采，而它所用的典故，也只有“小玉双成”四个字，这是因为作者文学之才绰绰有余。而吴伟业的长篇歌行，似乎没有典故就无法成文。

白居易和吴伟业两人水平的优劣由此可见。这一点不仅作诗时需要注意，填词的人也应当引以为戒。

简评

用典太多，失之堆砌。与王国维一样，胡适也是大力反对用典。

长恨歌（节选）

唐代　白居易

临别殷勤重寄词，词中有誓两心知。

七月七日长生殿，夜半无人私语时。

在天愿作比翼鸟，在地愿为连理枝。

天长地久有时尽，此恨绵绵无绝期。

五九

近体诗体制，以五七言绝句为最尊，律诗次之，排律最下。盖此体于寄兴言情，两无所当，殆有韵之骈体文耳。词中小令如绝句，长调似律诗，若长调之《百字令》《沁园春》等，则近于排律矣。

译文

在近体诗的体制中，以五、七言绝句为最尊贵，律诗第二，排律则最卑下。这是因为排律无论寄托兴致，抒发感情，两者都不合适，近似于有韵的骈体文。词中的小令如同绝句，长调则与律诗相似，而长调中的《百字令》《沁园春》等，就差不多接近排律了。

简评

王国维偏爱小令，这和他提倡的境界说关系很大。小令篇幅短，“兴象风神”，可使作品意味深远。

六十

诗人对宇宙人生，须入乎其内，又须出乎其外。入乎其内，故能写之。出乎其外，故能观之。入乎其内，故有生气。出乎其外，故有高致。

美成能入而不能出。白石以降，于此二事皆未梦见。

译文

诗人对待宇宙人生，必须能够深入到内部去，又必须能够跳出到外面来。深入内部去，才能把它描写出来；跳出外面来，才能够观察它。深入内部去，因此才有生气。跳出到外面来，因此才能有高致。

周邦彦能入乎其内，但不能出乎其外。而自姜夔以后的词人，对于这两种情况连做梦都没有看见。

六一

诗人必有轻视外物之意，故能以奴仆命风月。又必有重视外物之意，故能与花草共忧乐。

译文

诗人必须有轻视外物的态度，这样才能够把风月当作奴仆一样来驱使；但同时又必须要有重视外物的态度，那样才能够与花鸟同忧乐。

六二

“昔为倡家女，今为荡子妇。荡子行不归，空床难独守。”“何不策高足，先据要路津？无为久贫贱，轗轲长苦辛。”可谓淫鄙之尤。然无视为淫词、鄙词者，以其真也。

五代、北宋之大词人亦然。非无淫词，读之者但觉其亲切动人。非无鄙词，但觉其精力弥满。可知淫词与鄙词之病，非淫与鄙之病，而游词之病也。

“岂不尔思，室是远而。”而子曰：“未之思也，夫何远之有？”恶其游也。

译文

《古诗十九首》：“昔为倡家女，今为荡子妇。荡子行不归，空床难独守”“何不策高足，先据要路津？无为久贫贱，轗轲长苦辛”，这两首诗可以说是淫荡鄙陋到极点了。但没有人把它们当作淫词和鄙词来读，因为它们感情真挚。

五代、北宋的大词人也是这样的。并不是没有淫词，读后只觉得亲切动人；也并不是没有鄙词，只是读后觉得精气弥漫。由此可知淫词与鄙词真正的弊病，不在于淫荡和鄙陋，而是由言不由衷、虚情假意的“游词”所造成的。

在《论语·子罕》中，有一句古诗说：“难道我不思念你吗？是因为你居住得太远了”，孔子反驳说：“这是没有真正思念呀，如果真的思念了，那还有什么遥远不遥远的呢？”孔子也是厌恶那虚假的游词的。

简评

孔子曰：“辞达而已矣。”也就是说写作者表现的技巧要恰到好处，过犹或不及，都是不合乎真实的。

古诗十九首之二

汉代　佚名

青青河畔草，郁郁园中柳。
盈盈楼上女，皎皎当窗牖。
娥娥红粉妆，纤纤出素手。
昔为倡家女，今为荡子妇。
荡子行不归，空床难独守。

《论语·子罕》

“唐棣之华，偏其反而。岂不尔思，室是远而。”
子曰：“未之思也，夫何远之有。”

古诗十九首之四

汉代　佚名

今日良宴会，欢乐难具陈。

弹筝奋逸响，新声妙入神。

令德唱高言，识曲听其真。

齐心同所愿，含意俱未申。

人生寄一世，奄忽若飙尘。

何不策高足，先据要路津。

无为守贫贱，轗轲长苦辛。

六三

“枯藤老树昏鸦。小桥流水平沙。古道西风瘦马。夕阳西下。断肠人在天涯。”

此元人马东篱《天净沙》小令也。寥寥数语，深得唐人绝句妙境。有元一代词家，皆不能办此也。

译文

“枯藤老树昏鸦，小桥流水人家，古道西风瘦马。夕阳西下，断肠人在天涯。”

这是元朝马致远的《天净沙》小令。寥寥几句话，却深得唐人绝句高妙的境界。整个元代的词人都做不到这一点。

简评

在《宋元戏曲考》中，王国维又说：“《天净沙》小令，纯是天籁，仿佛唐人绝句。”

六四

白仁甫《秋夜梧桐雨》剧，沉雄悲壮，为元曲冠冕。然所作《天籁词》，粗浅之甚，不足为稼轩奴隶。

岂创者易工，而因者难巧欤？抑人各有能有不能也？读者观欧、秦之诗远不如词，足透此中消息。

译文

白朴所作的戏剧《秋夜梧桐雨》，沉雄悲壮，堪称元曲当中的最佳之作。然而，他所写的《天籁词》，却极为粗糙浅陋，就算给辛弃疾当奴仆都不能称职。

难道说，开创文体的人比较容易写得工巧，而承袭的人却难以企及？还是说人各有自己的长处和短处？读者试看，欧阳修和秦观的诗远不如他们的词写得好，这应该足以说明其中的道理了吧。

简评

辛弃疾的词工意境，而王国维品词又唯“意境”为重，所以他对稼轩词格外推重。而白朴虽为元曲大家，但其词却是篇篇“皆自肺腑流出”，真实自然，王国维先生言其“所作《天籁词》，粗浅之甚，不足为稼轩奴隶”，未免有些绝对了。

《人间词话》未刊稿

一

白石之词，余所最爱者，亦仅二语，曰："淮南皓月冷千山，冥冥归去无人管。[①]"

注释

①白石：即姜夔。句出《踏莎行》：燕燕轻盈，莺莺娇软，分明又向华胥见。夜长争得薄情知，春初早被相思染。别后书辞，别时针线，离魂暗逐郎行远。淮南皓月冷千山，冥冥归去无人管。

二

诗之唐中叶以后，殆为羔雁之具矣。

故五代北宋之诗，佳者绝少，而词则为其极盛时代。即诗词兼擅如永叔少游者，词胜于诗远甚。以其写之于诗者，不若写之于词者之真也。

至南宋以后，词亦为羔雁之具，而词亦替矣。此亦文学升降之一关键也。

三

曾纯甫[①]中秋应制，作《壶中天慢》词，自注云："是夜，西兴[②]亦闻天乐。"谓宫中乐声，闻于隔岸也。

毛子晋[③]谓："天神亦不以人废言。"近冯梦华[④]复辨其诬。不解"天乐"两字文义，殊笑人也。

注释

①曾纯甫：曾觌（1109—1180），字纯甫，南宋词人。

②西兴：渡口名。在今浙江省萧山市西北。本名固陵，六朝时为西陵城，五代吴越改名"西兴"。

③毛子晋：毛晋（1599—1659），字子晋，明万历间常熟人，喜藏书，毛晋是历来私家刻书最多、影响最大的藏书家。

④冯梦华：冯煦（1843—1927），字梦华，号蒿庵，近代词论家。

四

梅溪、梦窗、中仙、玉田、草窗、西麓诸家，词虽不同，然同失之肤浅。虽时代使然，亦其才分有限也。

近人弃周鼎而宝康瓠[1]，实难索解。

注释

①句出西汉文学家、政治家贾谊《吊屈原文》。

五

余填词不喜作长调，尤不喜用人韵。偶尔游戏，作《水龙吟》咏杨花，用质夫、东坡倡和韵，作《齐天乐》咏蟋蟀，用白石韵，皆有与晋代兴①之意。然余之所长殊不在是，世之君子宁以他词称我。

注释

①与晋代兴：典出《国语·郑语》，比喻超越原作，创意出奇。

六

余友沈昕伯自巴黎寄余蝶恋花一阕云："帘外东风随燕到。春色东来，循我来时道。一霎围场生绿草，归迟却怨春来早。锦绣一城春水绕。庭院笙歌，行乐多年少。著意来开孤客抱，不知名字闲花鸟。"

此词当在晏氏父子间，南宋人不能道也。

七

樊抗夫[①]谓余词如《浣溪沙》之"天末同云"、《蝶恋花》之"昨夜梦中""百尺高楼""春到临春"等阕，凿空而道，开词家未有之境。余自谓才不若古人，但于力争第一义处，古人亦不如我用意耳。

注释

①樊抗夫：樊炳清，字抗夫。王国维就读东文学社时的同学。

八

叔本华曰："抒情诗，少年之作也。叙事诗及其戏曲，壮年之作也。"

余谓：抒情诗，国民国民幼稚时代之作也。叙事诗，国民盛壮时代之作也。故曲则古不如今（元曲诚多天籁，然其思想之陋劣，布置之粗笨，千篇一律，令人喷饭。至本朝之《桃花扇》《长生殿》诸传奇，则进矣）。词则今不如古。

盖一则以布局为主，一则须伫兴而成故也。

九

北宋名家以方回[①]为最次。其词如历下[②]、新城[③]之诗，非不华瞻，惜少真味。

注释

①方回：贺铸。

②历下：李攀龙，明代文学家，与王世贞同为“后七子”首领，所编《唐诗选》影响深远，有《沧溟集》于世。

③新城：王士祯（1634—1711），原名士禛，字子真，号阮亭，又号渔洋山人。新城（今桓台县）人，清初杰出诗人。

一〇

散文易学而难工，韵文难学而易工。

近体诗易学而难工，古体诗难学而易工。

小令易学而难工，长调难学而易工。

一一

古诗云："谁能思不歌？谁能饥不食？[①]"诗词者，物之不得其平而鸣者也。故"欢愉之辞难工，愁苦之言易巧[②]"。

注释

①此句出自晋宋齐辞《子夜歌》："谁能思不歌？谁能饥不食？日冥当户倚，惆怅底不忆？"

②此句出自唐代文学家韩愈的《荆潭唱和诗序》。

一二

社会上之习惯，杀许多之善人。

文学上之习惯，杀许多之天才。

一三

词之为体，“要眇宜修”[①]。

能言诗之所不能言，而不能尽言诗之所能言。

诗之景阔，词之言长。

注释

①要眇宜修：要眇，美好之貌。修，修饰之意，为了使之更完美。

一四

言气质，言神韵，不如言境界。

有境界，本也。气质、神韵，末也。有境界而二者随之矣。

一五

"秋风吹渭水，落日满长安。[①]"

美成以之入词[②]，白仁甫以之入曲[③]，此借古人之境界为我之境界者也。然非自有境界，古人亦不为我用。

注释

①出自贾岛《忆江上吴处士》：

闽国扬帆去，蟾蜍亏复圆。秋风吹渭水，落叶满长安。

此夜聚会夕，当时雷雨寒。兰桡殊未返，消息海云端。

②美成：即周邦彦。其作词为《齐天乐·秋思》：

绿芜凋尽台城路，殊乡又逢秋晚。暮雨生寒，鸣蛩劝织，深阁时闻裁剪。云窗静掩。叹重拂罗裀，顿疏花簟。尚有練囊，露萤清夜照书卷。

荆江留滞最久，故人相望处，离思何限。渭水西风，长安乱叶，空忆诗情宛转。凭高眺远。正玉液新篘，蟹螯初荐。醉倒山翁，但愁斜照敛。

③白仁甫：即元代剧作家白朴。其作曲为《双调·德胜乐·秋》：

玉露冷，蛩吟砌。听落叶西风渭水。

寒雁儿长空嘹唳。陶元亮醉在东篱。

一六

词家多以景寓情。

其专作情语而绝妙者，如牛峤之“甘作一生拼，尽君今日欢”[①]。顾敻之“换我心，为你心，始知相忆深”[②]。欧阳修之“衣带渐宽终不悔，为伊消得人憔悴”。美成之“许多烦恼，只为当时，一饷留情”[③]。

此等词，古今曾不多见。余《乙稿》中颇于此方面有开拓之功。

注释

①牛峤：晚唐诗人，字松卿，又字延峰。中唐宰相牛僧孺之孙。其词风清艳，《花间集》录其词三十首。此句出自《菩萨蛮》：

玉炉冰簟鸳鸯锦，粉融香汗流山枕。

帘外辘轳声，敛眉含笑惊。

柳阴烟漠漠，低鬓蝉钗落。

须作一生拼，尽君今日欢。

②顾敻（xiòng）：生卒年不详，五代词人，词风绮丽，《花间集》录其词五十五首。此句出自《诉衷情》：

永夜抛人何处去？绝来音。香阁掩，眉敛，月将沉。

争忍不相寻？怨孤衾。换我心，为你心，始知相忆深。

③此句出自周邦彦《庆宫春》：

云接平冈，山围寒野，路回渐展孤城。衰柳啼鸦，惊风驱雁，动人一片秋声。倦途休驾，淡烟里，微茫见星。尘埃憔悴，生怕黄昏，离思牵萦。

华堂旧日逢迎。花艳参差，香雾飘零。弦管当头，偏怜娇凤，夜深簧暖笙清。眼波传意，恨密约，匆匆未成。许多烦恼，只为当时，一饷留情。

一七

长调自以周、柳、苏、辛为最工。美成《浪淘沙慢》二词，精壮顿挫，已开北曲之先声。若屯田之《八声甘州》，东坡之《水调歌头》，则伫兴之作，格高千古，不能以常词论也。

一八

稼轩《贺新郎》（送茂嘉十二弟）词[①]，章法绝妙。且语语有境界，此能品而几于神者。然非有意为之，故后人不能学也。

注释

①辛弃疾《贺新郎》（送茂嘉十二弟）：

绿树听鹈鴂。更那堪、鹧鸪声住，杜鹃声切。啼到春归无寻处，苦恨芳菲都歇。算未抵、人间离别。马上琵琶关塞黑，更长门、翠辇辞金阙。看燕燕，送归妾。

将军百战身名裂。向河梁、回头万里，故人长绝。易水萧萧西风冷，满座衣冠似雪。正壮士、悲歌未彻。啼鸟还知如许恨，料不啼清泪长啼血。谁共我，醉明月。

一九

稼轩《贺新郎》词："柳暗凌波路。送春归、猛风暴雨，一番新绿。"①

又，《定风波》词："从此酒酣明月夜。耳热。"②

"绿""热"二字，皆作上去用。与韩遇《东浦词·贺新郎》以"玉""曲"叶"注""女"，《卜算子》以"夜""谢"叶"食""月"，已开北曲四声通押之祖。

注释

①语出辛弃疾《贺新郎》：

柳暗凌波路。送春归、猛风暴雨，一番新绿。千里潇湘葡萄涨，人解扁舟欲去。又樯燕、留人相语。艇子飞来生尘步，唾花寒唱我新番句。波似箭，催鸣橹。

黄陵祠下山无数。听湘娥、泠泠曲罢，为谁情苦？行到东吴春已暮，正江阔潮平稳渡。望金雀、觚棱翔舞。前度刘郎今重到，问玄都、千树花存否？

愁为倩，么弦诉。”

②语出辛弃疾《定风波》：

金印累累佩陆离，河梁更赋断肠诗。莫拥旌旗真个去。何处？玉堂元自要论思。

且约风流三学士，同醉。春风看试几枪旗。从此酒酣明月夜。耳热。那边应是说侬时。

二〇

谭复堂[1]《箧中词选》谓："蒋鹿潭[2]《水云楼词》与成容若[3]、项莲生[4]，二百年间，分鼎三足。"

然《水云楼词》小令颇有境界，长调惟存气格。《忆云词》精实有余，超逸不足，皆不足与容若比。然视皋文、止庵辈，则倜乎远矣。

注释

①谭复堂：谭献（1830-1901），字仲修，号复堂。晚清学者、词论家。

②蒋鹿潭：蒋春霖（1818-1868），字鹿潭，清代词人。

③成容若：即纳兰性德。

④项莲生：项鸿祚，字莲生，清代词人。

二一

贺黄公（裳）[1]《皱水轩词筌》云：“张玉田《乐府指迷》其调叶宫商，铺张藻绘，抑亦可矣，至于风流蕴藉之事，真属茫茫，如啖官厨饭者，不知牲牢之外别有甘鲜也。”

此语解颐。

注释

①贺黄公（裳）：贺裳，清代词人，字黄公。

二二

周保绪（济）[1]《词辨》云："玉田，近人所最尊奉，才情诣力亦不后诸人，终觉积谷作米、把缆放船，无开阔手段。"

又云："叔夏所以不及前人处，只在字句上著工夫，不肯换意。""近人喜学玉田，亦为修饰字句易，换意难。"

注释

①周保绪（济）：周济，字保绪。

二三

词家时代之说，盛于国初。竹垞[1]谓："词至北宋而大，至南宋而深。后此词人，群奉其说。然其中亦非无具眼者。"

周保绪曰："南宋下不犯北宋拙率之病，高不到北宋浑涵之诣。"

又曰："北宋词多就景叙情，故珠圆玉润，四照玲珑。至稼轩、白石，一变而为即事叙景，使深者反浅，曲者反直。"

潘四农曰（德舆）："词滥觞于唐，畅于五代，而意格之闳深曲挚，则莫盛于北宋。词之有北宋，犹诗之有盛唐。至南宋则稍衰矣。"

刘融斋（熙载）曰："北宋词用密亦疏、用隐亦亮、用沈亦快、用细亦阔、用精亦浑。南宋只是掉转头来。"

可知此事自有公论。虽止庵词颇浅薄，潘刘尤甚。然其推尊北宋，则与明季云间诸公[2]，同一卓识也。

注释

①竹垞：朱彝尊，字锡鬯，号竹垞，又号醧舫。清朝词人、学者、藏书家，明代大学士朱国祚曾孙。

②云间诸公：云间，松江府古称（今上海市）。明末文人陈子龙、宋征舆、李雯均为云间人，世称“云间三子”。

二四

唐、五代、北宋词，可谓“生香真色”。若云间诸公，则彩花耳。湘真[①]且然，况其次也者乎？

注释

①湘真：陈子龙，字湘真。

二五

《衍波词》之佳者，颇似贺方回。虽不及容若，要在锡鬯[①]、其年[②]之上。

注释

①锡鬯（chàng）：即朱彝尊。

②其年：陈维嵩（1625 年—1682 年），字其年，号迦陵，江苏宜兴人。清初词坛第一人，“阳羡词派”领袖。

二六

近人词，如《复堂词》[1]之深婉，《彊村词》[2]之隐秀，皆在半塘老人上。彊村学梦窗，而情味较梦窗反胜。盖有临川、庐陵之高华，而济以白石之疏越者。学人之词，斯为极则。然古人自然神妙处，尚未梦见。

注释

①《复堂词》：谭献的词集。

②《彊村词》：清末民初词学家朱孝臧的词集。朱孝臧与况周颐、王鹏运、郑文焯并称为清末四大词家。

二七

宋直方[①]《蝶恋花》："新样罗衣浑弃却，犹寻旧日春衫著。"[②]谭复堂《蝶恋花》："连理枝头侬与汝，千花百草从渠许。"[③]可谓寄兴深微。

注释

①宋直方：宋徵舆，明末清初词人，字直方，松江华亭（今上海松江区）人。与陈子龙等人交好。

②此句出自宋直方的《蝶恋花》：

宝枕轻风秋梦薄，红敛双蛾，颠倒垂金雀。新样罗衣浑弃却，犹寻旧日春衫著。

偏是断肠花不落，人苦伤心，镜里颜非昨。曾误当初青女约，至今霜夜思量著。

③此句出自谭献的《蝶恋花》：

帐里迷离香似雾，不烬炉灰，酒醒闻馀语。连理枝头侬与汝，千花百草从渠许。

莲子青青心独苦，一唱将离，日日风兼雨。豆蔻香残杨柳暮，当时人面无寻处。

二八

《半塘丁稿》[1]中和冯正中《鹊踏枝》十阕，乃《鹜翁词》[2]之最精者。

“望远愁多休纵目”等阕，郁伊惝恍，令人不能为怀。《定稿》只存六阕，殊为未允。

注释

①《半塘丁稿》：清末词人王鹏运自编词集。

②《鹜翁词》：王鹏运词集。

二九

固哉，皋文之为词也！飞卿《菩萨蛮》、永叔《蝶恋花》、子瞻《卜算子》，皆兴到之作，有何命意？皆被皋文深文罗织。

阮亭《花草蒙拾》谓：“坡公命宫磨蝎[①]，生前为珪、舒亶辈所苦，身后又硬受此差排。”

由今观之，受差排者，独一坡公已耶？

注释

①磨蝎：星宿名。古指命运波折的人。

三〇

贺黄公谓："姜论史词，不称其'软语商量'，而赏其'柳暗花暝'，固知不免项羽学兵法之恨。[1]"

然"柳暗花暝"自是欧、秦辈吐属，后句为胜。吾从白石，不能附和黄公矣。

注释

①语出清代词人贺裳《皱水轩词筌》。

三一

“池塘春草谢家春，万古千秋五字新。传语闭门陈正字[①]，可怜无补费精神。”

此遗山[②]《论诗绝句》也。美成、白石、梦窗、玉田辈，当不乐闻此语。

注释

①陈正字：陈师道，北宋诗人。字履常，又字无已，号后山居士。

②遗山：元好问，金末元初诗人、文学家，有“一代文宗”之誉。字裕之，号遗山。

三二

朱子《清邃阁论诗》谓："古人诗中有句，今人诗更无句，只是一直说将去。这般诗一日作百首也得。"

余谓北宋之词有句，南宋以后便无句。如玉田、草窗之词，所谓"一日作百首也得"者也。

三三

朱子谓："梅圣俞诗，不是平淡，乃是枯槁。"余谓草窗、玉田之词亦然。

三四

“自怜诗酒瘦，难应接，许多春色。”[①]

“能几番游，看花又是明年。”[②]

此等语亦算警句耶？乃值如许笔力！

注释

①语出史达祖《喜迁莺》：

月波疑滴，望玉壶天近，了无尘隔。翠眼圈花，冰丝织练，黄道宝光相值。自怜诗酒瘦，难应接，许多春色。最无赖，是随香趁烛，曾伴狂客。

踪迹。谩记忆。老了杜郎，忍听东风笛。柳院灯疏，梅厅雪在，谁与细倾春碧。旧情拘未定，犹自学、当年游历。怕万一，误玉人夜寒帘隙。

②语出张炎《高阳台·西湖春感》：

接叶巢莺，平波卷絮，断桥斜日归船。能几番游？看花又是明年。东风且伴蔷薇住，到蔷薇、春已堪怜。更凄然。万绿西泠，一抹荒烟。

当年燕子知何处？但苔深韦曲，草暗斜川。见说新愁，如今也到鸥边。无心再续笙歌梦，掩重门、浅醉闲眠。莫开帘，怕见飞花，怕听啼鹃。

三五

文文山[1]词，风骨甚高，亦有境界，远在圣与、叔夏、公谨[2]诸公之上。亦如明初诚意伯[3]词，非季迪[4]、孟载[5]诸人所敢望也。

注释

①文文山：文天祥，南宋诗人、政治家。自号文山、浮修道人。

②圣与、叔夏、公谨：指的是南宋词人王沂孙、张炎、周密。

③诚意伯：刘基，明代文学家、政治家，字伯温，明洪武三年（1370年）封诚意伯。

④季迪：高启，明代诗人，字季迪。

⑤孟载：杨基。元末明初诗人，字孟载，号眉庵。

三六

宋《李希声诗话》[1]云："唐人作诗，正以风调高古为主。虽意远语疏，皆为佳作。后人有切近的当、气格凡下者，终使人可憎。"

余谓北宋词亦不妨疏远。若梅溪[2]以降，正所谓"切近的当、气格凡下"者也。

注释

①《李希声诗话》：北宋词论家李錞的文集。

②梅溪：史达祖。

三七

自竹垞痛贬《草堂诗余》而推《绝妙好词》，后人群附和之。不知《草堂》虽有亵诨之作，然佳词恒得十之六七。

《绝妙好词》则除张、范、辛、刘[①]诸家外，十之八九皆极无聊赖之词。甚矣，人之贵耳贱目也。

注释

①张、范、辛、刘：指的是南宋词人张孝祥、范成大、辛弃疾、刘过。

三八

《提要》载："《古今词话》六卷，国朝沈雄纂。雄字偶僧，吴江人。是编所述，上起于唐，下迄康熙中年。"

然维见明嘉靖前白口本[①]《笺注草堂诗余》林外《洞仙歌》下引《古今词话》云："此词乃近时林外题于吴江垂虹亭。"（明刻《类编草堂诗余》亦同）

案：升庵[②]《词品》云："林外字岂尘，有《洞仙歌》书于垂虹亭畔。作道装，不告姓名，饮醉而去。人疑为吕洞宾。传入宫中。孝宗笑曰：云崖洞天无锁，'锁'与老'叶'均，则'锁'音'扫'，乃闽音也。侦问之，果闽人林外也。"（《齐东野语》所载亦略同）

则《古今词话》宋时固有此书。岂雄窃此书而复益以近代事欤？又，《季沧苇书目》[③]载《古今词话》十卷，而沈雄所纂只六卷，益证其非一书矣。

注释

①白口本：古代的一种线装书术语。

②升庵：杨慎，明代文学家，字用修，号升庵。

③《季沧苇书目》：清代季振宜撰写的藏书书目。季振宜（1630-？）字诜兮，号沧苇，明末清初人。生于明崇祯三年(1630)，卒年不详。著名的藏书家、版本学家、校勘家。

三九

“君王忍把平陈业，换得雷塘数亩田。”①政治家之言也。

“长陵亦是闲丘陇，异日谁知与仲多？”②诗人之言也。

政治家之眼，域于一人一事。诗人之眼，则通古今而观之。词人观物，须用诗人之眼，不可用政治家之眼。故感事、怀古等作，当与寿词同为词家所禁也。

注释

①语出唐代诗人罗隐《隋帝陵》：

入郭登桥出登船，红楼日日柳年年。

君王忍把平陈乐，只换雷塘数亩田。

②语出唐代诗人唐彦谦《仲山·高祖兄仲山隐居之所》：

千载遗踪寄薜萝，沛中乡里汉山河。

长陵亦是闲丘陇，异日谁知与仲多？

四十

宋人小说，多不足信。

如《雪舟脞语》[①]谓：台州知府唐仲友眷官妓严蕊[②]奴。朱晦庵系治之。及晦庵移去，提刑岳霖行部至台，蕊乞自便。岳问曰：去将安归？蕊赋《卜算子》词云："住也如何住"云云。

案：此词系仲友戚高宣教作，使蕊歌以侑觞者，见朱子《纠唐仲友奏牍》。则《齐东野语》所纪朱、唐公案[③]，恐亦未可信也。

注释

①《雪舟脞语》：南宋邵桂子的笔记体小说。

②严蕊：南宋词人、歌妓。

③朱、唐公案：指朱熹弹劾唐仲友一案。

四一

唐、五代之词，有句而无篇。南宋名家之词，有篇而无句。有篇有句，唯李后主降宋后之作，及永叔、子瞻、少游、美成、稼轩数人而已。

四二

唐、五代、北宋之词家，倡优[1]也。南宋后之词家，俗子也。二者其失相等。然词人之词，宁失之倡优，而不失之俗子。以俗子之可厌，较倡优为甚故也。

注释

①倡优：古代指以乐舞、戏谑为业的艺人。

四三

《蝶恋花》（独倚危楼）一阕，见《六一词》，亦见《乐章集》[①]。

余谓：屯田，轻薄子，只能道“奶奶兰心蕙性”[②]耳。“衣带渐宽终不悔，为伊消得人憔悴。”此等语固非欧公不能道也。

注释

①《乐章集》：柳永的词集。

②语出北宋词人柳永《玉女摇仙佩》：

飞琼伴侣，偶别珠宫，未返神仙行缀。取次梳妆，寻常言语，有得几多姝丽。拟把名花比。恐旁人笑我，谈何容易。细思算，奇葩艳卉，惟是深红浅白而已。争如这多情，占得人间，千娇百媚。

须信画堂绣阁，皓月清风，忍把光阴轻弃。自古及今，佳人才子。少得当年双美。且恁相偎倚。未消得，怜我多才多艺。愿奶奶兰心蕙性，枕前言下，表余深意。为盟誓。今生断不孤鸳被。

四四

读《会真记》[1]者，恶张生之薄倖，而恕其奸非。读《水浒传》者，恕宋江之横暴，而责其深险。此人人之所同也。故艳词可作，唯万不可作儇薄[2]语。

龚定庵诗云："偶赋凌云偶倦飞，偶然闲慕遂初衣。偶逢锦瑟佳人问，便说寻春为汝归。"

其人之凉薄无行，跃然纸墨间。余辈读耆卿、伯可[3]词，亦有此感。视永叔、希文小词何如耶？

注释

①《会真记》：又名《莺莺传》，乃唐代诗人元稹所著传奇小说。

②儇薄：轻薄之意。

③伯可：康与之，南宋词人，字伯可。秦桧门下"十客"之一。

四五

词人之忠实，不独对人事宜然。即对一草一木，亦须有忠实之意，否则所谓“游词”也。

四六

读《花间》《尊前集》[①]，令人回想徐陵[②]《玉台新咏》[③]。读《草堂诗余》，令人回想韦縠[④]《才调集》。读朱竹垞《词综》，张皋文、董子远[⑤]《词选》，令人回想沈德潜[⑥]《三朝诗别裁集》。

注释

①《尊前集》：是唐与五代的词集。

②徐陵：字孝穆，南北朝梁陈年间文学家。编有诗歌总集《玉台新咏》。

③《玉台新咏》：东周至南朝梁代诗歌总集，南朝徐陵编，共十卷，录诗六百六十九首。

④韦縠：五代后蜀文学家，编有《才调集》十卷，选录唐诗一千首，为现存唐人选唐诗存诗最多的一种。

⑤董子远：董毅，字子远，清代词人。

⑥沈德潜：字确士，号归愚，谥文悫。清代诗人，编有《唐诗别裁集》《明诗别裁集》《清诗别裁集》，合称“三朝诗别裁集”。

四七

明季、国初诸老[①]之论词，大似袁简斋[②]之论诗，其失也，纤小而轻薄。竹垞以降之论词者[③]，大似沈归愚，其失也，枯槁而庸陋。

注释

①诸老：指陈子龙、李雯、朱彝尊、宋徵舆、汪森等人。

②袁简斋：即袁枚，字子才，号简斋，又号随园老人，浙江钱塘（今杭州）人。清代诗人、诗论家，著有《小仓山房诗集》《随园诗话》等。

③论词者：指张惠言、周济、谭献、冯煦诸人。

四八

东坡之旷在神，白石之旷在貌。白石如王衍[①]，口不言阿堵物[②]，而暗中为营三窟[③]之计，此其所以可鄙也。

注释

①王衍：字夷甫，西晋政治家。

②阿堵物：阿堵，六朝时俗语，意为“这”“这个”。

③营三窟：典出《战国策·齐策四》“冯谖客孟尝君”。所谓三窟，即指三个让人可以退守而立于不败之地的政治资本。

四九

“纷吾既有此内美兮，又重之以修能。”①

文字之事，于此二者，不可缺一。然词乃抒情之作，故尤重内美。无内美而但有修能，则白石耳。

注释

①出自战国时期楚国大夫屈原的《离骚》。

五〇

诗人视一切外物，皆游戏之材料也。然其游戏，则以热心为之，故诙谐与严重[1]二性质，亦不可缺一也。

注释

①严重：指严肃、庄严。

人间词

蝶恋花 二十五首

一

满地霜华浓似雪。

人语西风，瘦马嘶残月。

一曲阳关浑未彻。车声渐共歌声咽。

换尽天涯芳草色。

陌上深深，依旧年时辙。

自是浮生无可说。人间第一耽离别。

二

百尺朱楼临大道。

楼外轻雷，不间昏和晓。

独倚阑干人窈窕。闲中数尽行人小。

一霎车尘生树杪。

陌上楼头，都向尘中老。

薄晚西风吹雨到。明朝又是伤流潦。

三

月到东南秋正半。

双阙中间，浩荡流银汉。

谁起水精帘下看。风前隐隐闻箫管。

凉露湿衣风拂面。

坐爱清光，分照恩和怨。

苑柳宫槐浑一片。长门西去昭阳殿。

四

窗外绿阴添几许。

剩有朱樱，尚系残春住。

老尽莺雏无一语。飞来衔得樱桃去。

坐看画梁双燕乳。

燕语呢喃，似惜人迟暮。

自是思量渠不与。人间总被思量误。

五

独向沧浪亭外路，

六曲阑干，曲曲垂杨树。

展尽鹅黄千万缕，月中并作濛濛雾。

一片流云无觅处，

云里疏星，不共云流去。

闭置小窗真自误，人间夜色还如许。

六

窈窕燕姬年十五，

惯曳长裾，不作纤纤步。

众里嫣然通一顾，人间颜色如尘土。

一树亭亭花乍吐，

除却天然，欲赠浑无语。

当面吴娘夸善舞，可怜总被腰肢误。

七

急景流年真一箭。

残雪声中，省识东风面。

风里垂杨千万线，昨宵染就鹅黄浅。

又是廉纤春雨暗。

倚遍危楼，高处人难见。

已恨平芜随雁远，暝烟更界平芜断。

八

落落盘根真得地，

涧畔双松，相背呈奇态。

势欲拚飞终复坠，苍龙下饮东溪水。

溪上平岗千叠翠，

万树亭亭，争作拏云势。

总为自家生意遂，人间爱道为渠媚。

九

谁道江南春事了，

废苑朱藤，开尽无人到。

高柳数行临古道，一藤红遍千枝杪。

冉冉赤云将绿绕，

回首林间，无限斜阳好。

若是春归归合早，余春只搅人怀抱。

十

窣地重帘围画省，

帘外红墙，高与银河并。

开尽隔墙桃与杏，人间望眼何由骋。

举首忽惊明月冷，

月里依稀，认得山河影。

问取常娥浑未肯，相携素手层楼顶。

十一

辛苦钱唐江上水，

日日西流，日日东海趋。

两岸越山澒洞里，可能消得英雄气。

说与江潮应不至，

潮落潮生，几换人间世。

千载荒台麋鹿死，灵胥抱愤终何是。

十二

莫斗婵娟弓样月，

只坐蛾眉，消得千谣诼。

臂上宫砂那不灭，古来积毁能销骨。

手把齐纨相诀绝，

懒祝西风，再使人间热。

镜里朱颜犹未歇，不辞自媚朝和夕。

十三

袅袅鞭丝冲落絮，

归去临春，试问春何许？

小阁重帘天易暮，隔帘阵阵飞红雨。

刻意伤春谁与诉，

闷拥罗衾，动作经旬度。

已恨年华留不住，争知恨里年华去！

十四

翠幕轻寒无著处，

好梦初回，枕上惺忪语。

残夜小楼浑欲曙，四山积雪明如许。

莫遣良辰闲过去，

起瀹龙团，对雪烹肥羜。

此景人间殊不负，檐前冻雀还知否。

十五

帘幕深深香雾重，

四照朱颜，银烛光浮动。

一霎新欢千万种，人间今夜浑如梦。

小语灯前和目送，

密意芳心，不放罗帏空。

看取博山闲袅凤，濛濛一气双烟共。

十六

谁道江南秋已尽，

衰柳毵毵，尚弄鹅黄影。

落日疏林光炯炯，不辞立尽西楼暝。

万点栖鸦浑未定，

潋滟金波，又幂青松顶。

何处江南无此景，只愁没个闲人领。

十七

忆挂孤帆东海畔，

咫尺神山，海上年年见。

几度天风吹棹转，望中楼阁阴晴变。

金阙荒凉瑶草短，

到得蓬莱，又值蓬莱浅。

只恐飞尘沧海满，人间精卫知何限。

十八

翠幙轻寒无著处，

好梦初回，枕上惺忪语。

残夜小楼浑欲曙，四山积雪明如许。

莫遣良辰闲过去，

起瀹龙团，对雪烹肥。

此景人间殊不负，檐前冻雀还知否。

十九

春到临春花正妩，

迟日阑干，蜂蝶飞无数。

谁遣一春抛却去，马蹄日日章台路。

几度寻春春不遇，

不见春来，那识春归处。

斜日晚风杨柳渚，马头何处无飞絮。

二十

落日千山啼杜宇，

送得归人，不遣居人住。

自是精魂先魄去，凄凉病榻无多语。

往事悠悠容细数，

见说他生，又恐他生误。

纵使兹盟终不负，那时能记今生否。

二十一

连岭去天知几尺，

岭上秦关，关上元时阙。

谁信京华尘里客，独来绝塞看明月。

如此高寒真欲绝，

眼底千山，一半溶溶白。

小立西风吹素帻，人间几度生华发。

二十二

帘深深香雾重，

四照朱颜，银烛光浮动。

一霎新欢千万种，人间今夜浑如梦。

小语灯前和目送，

密意芳心，不放罗帏空。

看取博山闲袅凤，濛濛一气双烟共。

二十三

手剔银灯惊炷短，

拥髻无言，脉脉生清怨。

此恨今宵争得浅，思量旧日恩情遍。

月影移帘风过院，

待到归来，传尽中宫箭。

故拥绣衾遮素面，赚他醉里频频唤。

二十四

斗觉宵来情绪恶，

新月生时，黯黯伤离索。

此夜清光浑似昨，不辞自下深深幕。

何物尊前哀与乐，

已坠前欢，无据他年约。

几度烛花开又落，人间须信思量错。

二十五

黯淡灯花开又落，

此夜云踪，知向谁边著。

频弄玉钗思旧约，知君未忍浑抛却。

妾意苦专君苦博，

君似朝阳，妾似倾阳藿。

但与百花相斗作，君恩妾命原非薄。

点绛唇 六首

一

屏却相思，近来知道都无益。
不成抛掷，梦里终相觅。

醒后楼台，与梦俱明灭。
西窗白，纷纷凉月，一院丁香雪。

二

厚地高天，侧身颇觉平生左。
小斋如舸，自许回旋可。

聊复浮生，得此须臾我。
乾坤大，霜林独坐，红叶纷纷堕。

三

高峡流云，人随飞鸟穿云去。

数峰着雨。相对青无语。

岭上金光，岭下苍烟冱。

人间曙。疏林平楚。历历来时路。

四

暗里追凉，扁舟径掠垂杨过。

湿萤火大。一一风前堕。

坐觉西南，紫电排云破。

严城锁。高歌无和。万舫沉沉卧。

五

万顷蓬壶，梦中昨夜扁舟去。

萦回岛屿，中有舟行路。

波上楼台，波底层层俯。

何人住？断崖如锯，不见停桡处。

六

波逐流云，棹歌袅袅凌波去。

数声和橹。远入蒹葭浦。

落日中流，几点闲鸥鹭。

低飞处。菰蒲无数。瑟瑟风前语。

虞美人 五首

一

弄梅骑竹嬉游日。门户初相识。

未能羞涩但娇痴。却立风前散发衬凝脂。

近来瞥见都无语。但觉双眉聚。

不知何日始工愁。记取那回花下一低头。

二

碧苔深锁长门路。总为蛾眉误。

自来积毁骨能销。何况真红一点臂砂娇。

妾身但使分明在。肯把朱颜悔。

从今不复梦承恩。且自簪花，坐赏镜中人。

三

杜鹃千里啼春晚，故国春心折。

海门空阔月皑皑。依旧素车白马夜潮来。

山川城郭都非故，恩怨须臾误。

人间孤愤最难平，消得几回潮落又潮生。

四

犀比六博消长昼，五白惊呼骤。

不须辛苦问亏成。一霎尊前了了见浮生。

笙歌散后人微倦，归路风吹面。

西客落月荡花枝。又是人间酒醒梦回时。

五

金鞭珠弹嬉春日，门户初相识。

未能羞涩但娇痴，却立风前散发衬凝脂。

近来瞥见都无语，但觉双眉聚。

不知何日始工愁，记取那回花下一低头。

满庭芳

水抱孤城，云开远戍，垂柳点点栖鸦。
晚潮初落，残日漾平沙。
白鸟悠悠自去，汀洲外、无限蒹葭。
西风起，飞花如雪，冉冉去帆斜。

天涯，
还忆旧，香尘随马，明月窥车。
渐秋风镜里，暗换年华。
纵使长条无恙，重来处、攀折堪嗟。
人何许，朱楼一角，寂寞倚残霞。

采桑子

高城鼓动兰釭灺，睡也还醒，醉也还醒，
忽听孤鸿三两声。

人生只似风前絮，欢也零星，悲也零星，
都作连江点点萍。

如梦令

点滴空阶疏雨。迢递严城更鼓。
睡浅梦初成，又被东风吹去。
无据。无据。
斜汉垂垂欲曙。

浣溪沙 二十五首

一

山寺微茫背夕曛，鸟飞不到半山昏。
上方孤磬定行云。

试上高峰窥皓月，偶开天眼觑红尘。
可怜身是眼中人。

二

已落芙蓉并叶凋。半枯萧艾过墙高。
日斜孤馆易魂消。

坐觉清秋归荡荡，眼看白日去昭昭。
人间争度渐长宵。

三

天末彤云黯四垂，失行孤雁逆风飞。

江湖寥落尔安归？

陌上挟丸公子笑，闺中调醯丽人嬉。

今宵欢宴胜平时。

四

霜落千林木叶丹。远山如在有无间。

经秋何事亦孱颜。

且向田家拚泥饮，聊从卜肆憩征鞍。

只应游戏在尘寰。

五

月底栖鸦当叶看。推窗跕跕堕枝间。
霜高风定独凭栏。

觅句心肝终复在，掩书涕泪苦无端。
可怜衣带为谁宽。

六

草偃云低渐合围。雕弓声急马如飞。
笑呼从骑载禽归。

万事不如身手好，一生须惜少年时。
那能白首下书帷。

七

掩卷平生有百端，饱更忧患转冥顽。

偶听鹈鴂怨春残。

坐觉亡何消白日，更缘随例弄丹铅。

闲愁无分况清欢。

八

路转峰回出画塘，一山枫叶背残阳。

看来浑不似秋光。

隔座听歌人似玉。六街归骑月如霜。

客中行乐只寻常。

九

舟逐清溪弯又弯。垂柳开处见青山。

毵毵绿发覆烟鬟。

夹岸莺花迟日里，归船萧谷夕阳间。

一生难得是春闲。

十

漫作年时别泪看，西窗蜡炬尚泛澜。

不堪重梦十年间。

斗柄又垂天直北，官书坐会岁将阑。

更无人解忆长安。

十一

六郡良家最少年，戎装骏马照山川。
闲抛金弹落飞鸢。

何处高楼无可醉，谁家红袖不相怜？
人间那信有华颠。

十二

似水轻纱不隔香。金波初转小回廊。
离离丛菊已深黄。

尽撤华灯招素月，更缘人面发花光。
人间何处有严霜。

十三

舟逐清溪弯复弯。垂杨开处见青山。

毵毵绿发覆烟鬟。

夹岸莺花迟日里，归船箫鼓夕阳间。

一生难得是清閒。

十四

昨夜新看北固山，今朝又上广陵船。

金焦在眼苦难攀。

猛雨自随汀雁落，湿云常与暮鸦寒。

人天相对作愁颜。

十五

七月西风动地吹，黄埃和叶满城飞。

征人一日换缁衣。

金马岂真堪避世，海鸥应是未忘机。

故人今有问归期。

十六

城郭秋生一夜凉，独骑瘦马傍宫墙。

参差霜阙带朝阳。

旋解冻痕生绿雾，倒涵高树作金光。

人间夜色尚苍苍。

十七

乍向西郊斗草过，药栏红日尚婆娑。

一春只遣睡消磨。

发为沉酣从委枕，脸缘微笑暂生涡。

这回好梦莫惊他。

十八

夜永衾寒梦不成，当轩减尽半天星。

带霜宫阙日初升。

客里欢娱和睡减，年来哀乐与词增。

更缘何物遣孤灯。

十九

画舫离筵乐未停，潇潇暮雨阖闾城。

那堪还向曲中听。

只恨当时形影密，不关今日别离轻。

梦回酒醒忆平生。

二十

才过苕溪又云溪，短松疏竹媚朝辉。

去年此际远人归。

烧后更无千里草，雾中不隔万家鸡。

风光浑异去年时。

二十一

曾识卢家玳瑁梁，觅巢新燕屡回翔。
不堪重问郁金堂。

今雨相看非旧雨，故乡罕乐况他乡。
人间何地著疏狂。

二十二

天末彤云黯四垂，失行孤雁逆风飞。
江湖寥落尔安归？

陌上挟丸公子笑，闺中调醯丽人嬉。
今宵欢宴胜平时。

二十三

花影闲窗压几重，连环新解玉玲珑。

日长无事等匆匆。

静听斑骓深巷里，坐看飞鸟镜屏中。

乍梳云髻那时松。

二十四

爱棹扁舟傍岸行，红妆素萏斗轻盈。

脸边舷外晚霞明。

为惜花香停短棹，戏窥鬟影拨流萍。

玉钗斜立小蜻蜓。

二十五

本事新词定有无，斜行小草字模糊。

灯前肠断为谁书？

隐几窥君新制作，背灯数妾旧欢娱。

区区情事总难符。

鹧鸪天 四首

一

列炬归来酒未醒，六街人静马蹄轻。

月中薄雾漫漫白，桥外渔灯点点青。

从醉里，忆平生。

可怜心事太峥嵘。

更堪此夜西楼梦，摘得星辰满袖行。

二

楼外秋千索尚悬，霜高素月慢流天。

倾残玉碗难成醉，滴尽铜壶不解眠。

人寂寂，夜厌厌。

北窗情味似枯禅。

不缘此夜金闺梦，那信人间尚少年。

三

阁道风飘五丈旗，层楼突兀与云齐。

空余明月连钱列，不照红葩倒井披。

频摸索，且攀跻。

千门万户是耶非。

人间总是堪疑处，惟有兹疑不可疑。

四

绛蜡红梅竞作花，客中惊又度年华。

离离长柄垂天斗，隐隐轻雷隔巷车。

斟醁醑，和尖叉。

新词飞寄舍人家。

可将平日丝纶手，系取今宵赴壑蛇。

菩萨蛮 五首

一

红楼遥隔廉纤雨。沉沉暝色笼高树。
树影到侬窗。君家灯火光。

风枝和影弄。似妾西窗梦。
梦醒即天涯。打窗闻落花。

二

玉盘寸断葱芽嫩，鸾刀细割羊肩进。
不敢厌腥臊，缘君亲手调。

红炉赪素面，醉把貂裘缓。
归路有余狂，天街宵踏霜。

三

回廊小立秋将半，婆娑树影当阶乱。

高树是东家，月华笼露华。

碧阑干十二，都作回肠字。

独有倚阑人，断肠君不知。

四

西风水上摇征梦，舟轻不碍孤帆重。

江阔树冥冥，荒鸡叫雾醒。

舟穿妆阁底，楼上佳人起。

蓦入欲通辞，数声柔舻枝。

五

高楼直挽银河住，当时曾笑牵牛处。

今夕渡河津，牵牛应笑人。

桐梢垂露脚，梢上惊乌掠。

灯焰不成青，绿窗纱半明。

颐和园词

汉家七叶钟阳九，澒洞风埃昏九有。
南国潢池正弄兵，北沽门户仍飞牡。
仓皇万乘向金微，一去宫车不复归。
提挈嗣皇绥旧服，万几从此出宫闱。
东朝渊塞曾无匹，西宫才略称第一。
恩泽何曾逮外家，咨谋往往闻温室。
亲王辅政最称贤，诸将专征捷奏先。
迅归欃抢回日月，八方重睹中兴年。
联翩方召升朝右，北门独对西平手。
因治楼船凿汉池，别营台沼追文囿。
西直门西柳色青，玉泉山下水流清。
新锡山名呼万寿，旧疏河水号昆明。
昆明万寿佳山水，中间宫殿排云起。
拂水回廊千步深，冠山傑阁三层峙。
隥道盘行凌紫烟，上方宝殿放祈年。
更栽火树千花发，不数名珠彻夜悬。
是时朝野多丰豫，年年三月迎銮驭。

长乐深严苦敞神，甘泉爽垲宜清暑。
高秋风日过重阳，佳节坤成启未央。
丹陛大陈三部伎，玉卮亲举万年觞。
嗣皇上寿称臣子，本朝家法严无比。
问膳曾无赐坐时，从游罕讲家人礼。
东平小女最承恩，远嫁归来奉紫宸。
卧起每偕荣寿主，丹青差喜缪夫人。
尊号珠联十六字，太官加豆依前制。
别启琼林贮羡余，更营玉府蒐珍异。
月殿云阶敞上方，宫中习静夜焚香。
但祝时平边塞静，千秋万岁未渠央。
五十年间天下母，后来无继前无偶。
却因清暇话平生，万事何堪重回首。
忆昔先皇幸朔方，属车恩幸故难量。
内批教写清舒馆，小印新镌同道堂。
一朝铸鼎降龙驭，后宫髯绝不能去。
北渚何堪帝子愁，南衙复遘丞卿怒。
手夷端肃反京师，永念冲人未有知。
为简儒臣严谕教，别求名族正宫闱。
可怜白日西南驶，一纪恩勤付流水。
甲观曾无世嫡孙，后宫并乏才人子。
提携犹子付黄图，劬苦还如同治初。
又见法宫冯玉几，更劳武帐坐珠襦。

国事中间几翻覆，近年最忆怀来辱。
草地间关短毂车，邮亭仓卒芜蒌粥。
上相留都树大牙，东南诸将奉王家。
坐令佳气腾金阙，复道都人望翠华。
自古忠良能活国，于今母子仍玉食。
宗庙重闻钟鼓声，离宫不改池台色。
一自官家静摄频，含饴无异弄诸孙。
但看腰脚今犹健，莫道伤心迹已陈。
两宫一旦同绵惙，天柱偏先地维折。
高武子孙复几人，哀平国统仍三绝。
是时长乐正弥留，茹痛还为社稷谋。
已遣伯禽承大统，更扳公旦觐诸侯。
别有重臣升御榻，紫枢元老开黄阁。
安世忠勤自始终，本初才气尤腾踔。
复数同时奉话言，诸王刘泽号亲贤。
独总百官居冢宰，共扶孺子济艰难。
社稷有灵邦有主，今朝地下告文祖。
坐见弥天戢玉棺，独留末命书盟府。
原庙丹青俨若神，镜奁遗物尚如新。
那知此日新朝主，便是当时顾命臣。
离宫一闭经三载，绿水青山不曾改。
雨洗苍苔石兽闲，风摇朱户铜蠡在。
云韶散乐久无声，甲帐珠簾取次倾。

岂谓先朝营楚殿，翻教今日恨尧臣。
宣室遗言犹在耳，山河盟誓期终始。
寡妇孤儿要易欺，讴歌狱讼终何是。
深宫母子独凄然，却似滦阳游幸年。
昔去会逢天下养，今来劣受厉人怜。
虎鼠龙鱼无定态，唐侯已在虞宾位。
且语王孙慎勿疏，相期黄发终无艾。
定陵松柏郁青青，应为兴亡一拊膺。
却忆年年寒食节，朱侯亲上十三陵。

玉楼春 二首

一

西园花落深堪扫，过眼韶华真草草。
开时寂寂尚无人，今日偏嗔摇落早。

昨朝却走西山道，花事山中浑未了。
数峰和雨对斜阳，十里杜鹃红似烧。

二

今年花事垂垂过，明岁花开应更䩄。
看花终古少年多，只恐少年非属我。

劝君莫厌尊罍大，醉倒且拚花底卧。
君看今日树头花，不是去年枝上朵。

青玉案 二首

一

姑苏台上乌啼曙，剩霸业，今如许。

醉后不堪仍吊古。

月中杨柳，水边楼阁，犹自教歌舞。

野花开遍真娘墓，绝代红颜委朝露。

算是人生赢得处。

千秋诗料，一抔黄土，十里寒螀语。

二

江南秋色垂垂暮，算幽事，浑无数。

日日沧浪亭畔路。

西风林下，夕阳水际，独自寻诗去。

可怜愁与闲俱赴。待把尘劳截愁住。

灯影幢幢天欲曙。

闲中心事，忙中情味，并入西楼雨。

临江仙 二首

一

过眼韶华何处也？萧萧又是秋声。
极天衰草暮云平。
斜阳漏处，一塔枕孤城。

独立荒寒谁语，蓦回头、宫阙峥嵘。
红墙隔雾未分明。
依依残照，独拥最高层。

二

闻说金微郎戍处，昨宵梦向金微。
不知今又过辽西。
千屯沙上暗，万骑月中嘶。

郎似梅花侬似叶，朅来手抚空枝。
可怜开谢不同时。
漫言花落早，只是叶生迟。

鹊桥仙 二首

一

沉沉戍鼓，萧萧厩马，起视霜华满地。
猛然记得别伊时，正今夕、邮亭天气。

北征车辙，南征归梦，知是调停无计。
人间事事不堪凭，但除却、无凭两字。

二

绣衾初展，银红旋剔，不尽灯前欢语。
人间岁岁似今宵，便胜却、貂蝉无数。

霎时送远，经年怨别，镜里朱颜难驻。
封侯觅得也寻常，何况是、封侯无据。

踏莎行 二首

一

绝顶无云，昨宵有雨。我来此地闻天语。
疏钟暝直乱峰回，孤僧晓度寒溪去。

是处青山，前生俦侣。招邀尽入闲庭户。
朝朝含笑复含颦，人间相媚争如许。

二

绰约衣裳，凄迷香麝，华灯素面光交射。
天公倍放月婵娟，人间解与春游冶。

乌鹊无声，鱼龙不夜，九衢忙杀闲车马。
归来落月挂西窗，邻鸡四起兰釭灺。

西河

垂杨里。兰舟当日曾系。

千帆过尽，只伊人不随书至。

怪渠道著我侬心，一般思妇游子。

昨宵梦，分明记，几回飞渡烟水。

西风吹断，伴灯花、摇摇欲坠。

宵深待到凤凰山，声声啼鴂催起。

锦书宛在怀袖底。

人迢迢、紫塞千里。

算是不曾相忆。

倘有情早合归来，休寄一纸，无聊相思字。

好事近 二首

一

愁展翠罗衾，半是馀温半泪。

不辨坠欢新恨，是人间滋味。

几年相守郁金堂，草草浑闲事。

独向西风林下，望红尘一骑。

二

夜起倚危楼，楼角玉绳低亚。

惟有月明霜冷，浸万家鸳瓦。

人间何苦又悲秋，正是伤春罢。

却向春风亭畔，数梧桐叶下。

清平乐 四首

一

樱桃花底。相见颓云髻。

的的银釭限意。消得和衣浓睡。

当时草草西窗。都成别后思量。

料得天涯异日，应思今夜凄凉。

二

垂杨深院，院落双飞燕。

翠幕银灯春不浅，记得那时初见。

眼波靥晕微流，尊前却按凉州。

拚取一生肠断，消他几度回眸。

三

况夔笙太守索题香南雅集图

蕙兰同畹，著意风光转。

劫后芳华仍畹转，得似凤城初见。

旧人惟有何戡，玉宸宫调曾谙。

肠断杜陵诗句，落花时节江南。

四

斜行淡墨，袖得伊书迹。

满纸相思容易说，只爱年年离别。

罗衾独拥黄昏，春来几点啼痕。

厚薄不关妾命，浅深只问君恩。

人月圆·梅

天公应自嫌寥落，随意著幽花。
月中霜里，数枝临水，水底横斜。
萧然四顾，疏林远渚，寂寞天涯。
一声鹤唳，殷勤唤起，大地清华。

书古书中故纸

昨夜书中得故纸，今朝随意写新诗。
长绢箧底终无恙，比入怀中便足奇。
黯淡谁能知汝恨，沾涂亦自笑余痴。
书成付与炉中火，了却人间是与非。

百字令

题孙隘庵南窗寄傲图

楚灵均后数柴桑，第一伤心人物。
招屈亭前千古水，流向浔阳百折。
夷叔西陵，山阳下国，此恨那堪说。
寂寥千载，有人同此伊郁。

堪叹招隐图成，赤明龙汉，小劫须臾阅。
试与披图寻甲子，尚记义熙年月。
归鸟心期，孤云身世，容易成华发。
乔松无恙，素心还问霜杰。

少年游

垂杨门外，疏灯影里，上马帽檐斜。
紫陌霜浓，青松月冷，炬火散林鸦。

酒醒起看西窗上，翠竹影交加。
跌宕歌词，纵横书卷，不与遣年华。

阮郎归

美人消息隔重关，川途弯复弯。
沉沉空翠厌征鞍，马前山复山。

浓泼黛，缓拖鬟，当年看复看。
只余眉样在人间，相逢艰复艰。

贺新郎

月落飞乌鹊。
更声声、暗催残岁，城头寒柝。
曾记年时游冶处，偏反一栏红药。
和士女、盈盈欢谑。
眼底春光何处也？只极度天野，烧明山郭。
侧身望，天地窄。

遣愁何计频商略。
恨今宵、书城空拥，愁城难落。
陋室风多青灯灺，中有千秋魂魄。
似诉尽、人间纷浊。
七尺微躯百年里，那能消、今古闲哀乐。
与蝴蝶，遽然觉。

减字木兰花 二首

一

皋兰被径，月底栏干闲独凭。
修竹娟娟，风里时闻响佩环。

蓦然深省，起踏中庭千个影。
依尽人间，一梦钧天只惘然。

二

乱山四倚，人马崎岖行井底。
路逐峰旋，斜日杏花明一山。

销沉就里，终古兴亡离别意。
依旧年年，迤逦骡网度上关。

阮郎归

女贞花白草迷离，江南梅雨时。
阴阴帘幙万家垂。穿帘双燕飞。

朱阁外，碧窗西。
行人一舸归。清溪转处柳阴低。
当窗人画眉。

卜算子·水仙

罗袜悄无尘，金屋浑难贮。
月底溪边一晌看，便恐凌波去。

独自惜幽芳，不敢矜迟暮。
却笑孤山万树梅，狼藉花如许。

扫花游

疏林挂日，正雾淡烟收，苍然平楚。
绕林细路，听沉沉落叶，玉骢踏去。
背日丹枫，到眼秋光如许。
正延伫。
便一片飞来，说与迟暮。

欢事难再溯。
是载酒携柑，旧曾游处。
清歌未住。
又黄鹂趁拍，飞花入俎。
今日重来，除是斜晖如故。
隐高树。
有寒鸦、相呼俦侣。

祝英台近

月初残，门小掩，看上大堤去。

徒御喧阗，行子黯无语。

为谁收拾离颜，一腔红泪，待留向、孤衾偷注。

马蹄驻，但觉怨慕悲凉，条风过平楚。

树上啼鹃，又诉岁华暮。

思量只有，人间年年征路。

纵有恨，都无啼处。

南歌子

又是乌西匿，初看雁北翔。

好与报檀郎：春来宵渐短，莫思量。

荷叶杯·戏效花间体

一

手把金尊酒满，相劝。

情极不能羞。

乍调筝处又回眸。

留摩留。

留摩留。

二

矮纸数行草草，书到。

总道苦相思。

朱颜今日未应非。

归摩归。

归摩归。

三

无赖灯花又结，照别。

休作一生拚。

明朝此际客舟寒。

欢摩欢。

欢摩欢。

四

谁道闲愁如海，零碎。

雨过一池沤。

时时飞絮上帘钩。

愁摩愁。

愁摩愁。

五

昨夜绣衾孤拥，幽梦。

一霎钿车尘。

道旁依约见天人。

真麼真。

真麼真。

六

隐隐轻雷何处，将曙。

隔牖见疏星。

一庭芳树乱啼莺。

醒麼醒。

醒麼醒。

八声甘州

直青山缺处是孤城，倒悬浸明湖。
森千帆影里，参差宫阙，风展旌旗。
向晚棹声渐急，萧瑟杂菰蒲。
列炬严城去，灯火千衢。

不道繁华如许，又万家爆竹，隔院笙竽。
叹沉沉人海，不与慰羁孤。
剩终朝襟裾相对，纵委蛇，人已厌狂疏。
呼灯且觅朱家去，痛饮屠苏。

水龙吟·杨花用章质夫苏子瞻唱和韵

开时不与人看，如何一霎濛濛坠。
日长无绪，回廊小立，迷离情思。
细雨池塘，斜阳院落，重门深闭。
正参参欲住，轻衫掠处，又特地，因风起。

花事阑珊到汝，更休寻满枝琼坠。
算人只合，人间哀乐，者般零碎。
一样飘零，宁为尘土，勿随流水。
怕盈盈，一片春江，都贮得，离人泪。

摸鱼儿·秋柳

问断肠、江南江北，年时如许春色。

碧栏干外无边柳，舞落迟迟红日。

沙岸直，又道是、连朝寒雨送行客。

烟笼数驿，剩今日天涯，衰条折尽，月落晓风急。

金城路，多少人间行役。

当年风度曾识。

北征司马今头白，唯有攀条沾臆。

君莫折，君不见、舞衣寸寸填沟洫。

细腰谁惜？算只有多情，昏鸦点点，攒向断枝立。

读史 二十首

一

回首西陲势渺茫，东迁种族几星霜？
何当踏破双芒屐，却向昆仑望故乡。

二

两条云岭摩天出，九曲黄河绕地回。
自是当年游牧地，有人曾号伏羲来。

三

及及生存起竞争，流传神话使人惊。
铜头铁额今安在？始信轩皇苦用兵。

四

澶漫江淮万里春，九黎才格又苗民。

即今腿髻穷山里，此是江南旧主人。

五

二帝精魂死不孤，嵇山陵庙似苍梧。

耄年未罢征苗旅，神武如斯旷代无。

六

铜刀岁岁战东欧，石弩年年出挹娄。

毕竟中原开化早，已闻昉铁贡梁州。

七

谁向钧天听乐过，秦中自古鬼神多。

即今《诅楚文》犹在，才告巫咸又亚驼。

八

《春秋》谜语苦难诠，历史开山数腐迁。

前后固应无此文，一书上下两千年。

九

汉作昆池始见煤，当年赀力信雄哉。

于今莫笑胡僧妄，本是洪荒劫后灰。

十

挥戈大启汉山河，武帝雄才世讵多。

轻骑今朝绝大漠，楼川明日下洋河。

十一

惠光东照日炎炎，河陇降王正款边。

不是金人先入汉，永平谁证梦中缘。

十二

西域纵横尽百城，张陈远略逊甘英。

千秋壮观君知否？黑海东头望大秦。

十三

三方并帝古未有，两贤向厄我所闻。

何来洒落樽前语，天下英雄惟使君。

十四

北临洛水拜陵园，奉表迁都大义存。

纵使暮年终作贼，江东那更有桓温。

十五

江南天子皆词客，河北诸王尽将才。

乍歌乐府《兰陵曲》，又见湘东玉轴灰。

十六

晋阳蜿蜿起飞龙，北面倾心事犬戎。

亲出渭桥擒诘利，文皇端不愧英雄。

十七

南海商船来大食，西京祆寺建波斯。

远人尽有如归乐，知是唐家全盛时。

十八

五国风光惨不支，崖山波浪浩无牙。

当年国势凌迟甚，争怪诸贤唱攘夷。

十九

黑水金山启伯图，长驱远摭世间无。

至今碧眼黄须客，犹自惊魂说拔都。

二十

东海人奴盖世雄，卷舒八道势如风。

碧蹄倘得擒渠反，大壑何由起蜇龙。

红豆词 四首

一

南国秋深可奈何，手持红豆几摩挲。

累累本是无情物，谁把闲愁付与他。

二

门外青骢郭外舟，人生无奈是离愁。

不辞苦向东风祝，到处人间作石尤。

三

别浦盈盈水又波，凭栏渺渺思如何？

纵教踏破江南种，只恐春来茁更多。

四

匀圆万颗争相似，暗数千回不厌痴。

留取他年银烛下，拈来细与话相思。

杂感

侧身天地苦拘挛，姑射神人未可攀。
云若无心常淡淡，川若不竞岂潺潺。
驰怀敷水条山里，托意开元武德间。
终古诗人太无赖，苦求乐土向尘寰。

应制题钱选《兰亭观鹅图》

霅川妙绘世无多，内史风期意若何。
须信飞潜无二理，跳天龙与戏池鹅。

齐天乐·蟋蟀用姜白石原韵

天涯已自悲秋极，何须更闻虫语。
乍响瑶阶，旋穿绣闼，更入画屏深处。
喁喁似语。
有几许哀丝，佐伊机杼。
一夜东堂，暗抽离恨万千绪。

空庭相和秋雨。又南城罢柝，西院停杵。
试问王孙，苍茫岁晚，那有閒愁无数。
宵深谩与。
怕梦隐春酣，万家儿女。
不识孤吟，劳人床下苦。

重游狼山寺

不过招提半载余，秋高重访素师居。
竭来桑下还三宿，便拟山中构一庐。

此地果容成小隐，百年那厌读奇书。
君看岭外嚣尘土，讵有吾侪息影区！

喜迁莺

秋雨霁，晚烟拖，宫阙与云摩。
片云流月入明河。鳷鹊散金波。

宜春院，披香殿，雾里梧桐一片。
华灯簇处动笙歌，复道属车过。

应天长

紫骝却照春波绿，波上荡舟人似玉。
似相知，羞相逐。一晌低头犹送目。

鬓云欹，眉黛蹙。
应恨这番匆促。恼一时心曲，手中双桨速。

霜花腴·用梦窗韵补寿彊邨侍郎

海滑倦客，是赤明延康，旧日衣冠。

坡老黎邨，冬郎闽峤，中年陶写应难。

醉乡尽宽。

更茱萸，黄菊尊前。

剩沧江、梦绕觚棱，斗边槎外恨高寒。

回首凤城花事，便玉河烟柳，总带栖蝉。

写艳霜边，疏芳篱下，消磨十样蛮笺。

载将画船。

荡素波、凉月娟娟。

倩郦泉、与驻秋容，重来扶醉看。

谒金门

孤檠侧，诉尽十年踪迹。
残夜银釭无气力，绿窗寒恻恻。

落叶瑶阶狼藉，高树露华凝碧。
露点声疏人语密，旧欢远处觅。

苏幕遮

倦凭阑，低拥髻，丰颊秀眉，犹是年时意。
昨夜西窗残梦里，一霎幽欢，不似人间世。

恨来迟，防醒易，梦里惊疑，何况醒时际。
凉月满窗人不寐，香印成灰，总作回肠字。

人间词话·人间词

总 策 划：刘志则　　产品总监：庞　涓
策划编辑：尔　卜　　责任编辑：谢仁林
版式设计：苏洪涛　　媒体推广：周莹莹
责任印制：周莹莹　　团购热线：010-84827588

图书在版编目（C I P）数据

人间词话·人间词 / 王国维著；俞俊，愚山人译注
. -- 天津：天津人民出版社，2019.4
ISBN 978-7-201-14643-0

Ⅰ. ①人… Ⅱ. ①王… ②俞… ③愚… Ⅲ. ①词话（文学）—中国—近代②《人间词话》—译文③《人间词话》—注释 Ⅳ. ① I207.23

中国版本图书馆 CIP 数据核字 (2019) 第 059467 号

人间词话·人间词
RENJIANCIHUA RENJIANCI
王国维　著　　俞　俊　愚山人　译注

出　　版　天津人民出版社
出 版 人　刘　庆
地　　址　天津市和平区西康路 35 号康岳大厦
邮政编码　300051
邮购电话　（022）23332469
网　　址　http://www.tjrmcbs.com
电子信箱　tjrmcbs@126.com

责任编辑　谢仁林
装帧设计　苏洪涛

制版印刷　艺堂印刷（天津）有限公司
经　　销　新华书店
开　　本　880 毫米 ×1230 毫米　1/32
印　　张　9
字　　数　185 千字
版次印次　2019 年 4 月第 1 版　2019 年 4 月第 1 次印刷
定　　价　45.00 元
